GUY TOMEL

L'Évadé

de la Guyane

ILLUSTRATIONS DE MAURICE MARTIN

TOURS

ALFRED MAME ET FILS

ÉDITEURS

L'ÉVADÉ

DE LA GUYANE

3e SÉRIE IN-4o

(Nouvelle)

... Ce que j'ai vu passer de morts et de blessés ne saurait se décrire.

L'ÉVADÉ

DE LA GUYANE

PAR

GUY TOMEL

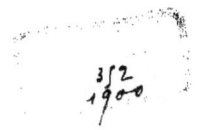

TOURS

ALFRED MAME ET FILS, ÉDITEURS

—

M DCCC XCIX

PRÉFACE

L'an dernier, la huitième chambre du tribunal correctionnel de la Seine fut appelée à juger, pour délit de rupture de ban, un évadé de la Guyane française qui, s'étant échappé en compagnie de quatre compagnons de relégation, avait, après des vicissitudes sans nombre, atteint seul Paramaraïbo, capitale de la Guyane hollandaise, d'où il s'était rendu à Demerara, puis embarqué pour la France.

Ce fugitif, que les rapports administratifs représentaient comme ayant trouvé la mort dans la forêt vierge, vint se constituer volontairement prisonnier entre les mains de la police parisienne, et réclama des juges.

Au cours de l'audience, son défenseur, Me Paul Falloy, avocat à la cour, lut quelques fragments d'un mémoire où l'accusé relatait les circonstances de sa fuite. La poignante horreur qui se dégageait du récit, son accent de sincérité absolue, émurent le tribunal, qui infligea le minimum de la peine accessoire encourue, soit six mois de prison, en émettant le vœu qu'à l'issue de cette incarcération l'inté-

ressé bénéficiât d'une mesure de clémence et fût libéré de sa peine
principale.

Par quelles épreuves avait donc passé ce malheureux? Elles sont
détaillées tout au long dans le mémoire justificatif que ce livre se
borne à encadrer. Tous les détails susceptibles d'en être contrôlés ont
été reconnus exacts par voie d'enquête, et sont un sûr garant de la
véracité du reste.

Le signataire de cette préface n'a ajouté au journal de l'évadé que
l'exposé des faits strictement indispensables à la clarté et à l'unité de
la narration. Sa part de collaboration est mince; il l'eût voulue plus
petite encore, pour laisser aux notes originales toute leur saveur
première.

Ceux qui auront la curiosité de parcourir ces pages, telles quelles,
y verront sans doute que les drames de la vie réelle peuvent dépasser
en étrangeté ceux qui sortent de l'imagination des conteurs d'aven-
tures.

GUY TOMEL.

L'ÉVADÉ

DE LA GUYANE

PROLOGUE

CHEZ LA PORTIÈRE

« Eh ben! m'ame Michon, vous allez avoir encore chaud aujour-d'hui pour faire vos escaliers?

— M'en parlez pas, madame Tournesol, j'en sue d'avance! Trois corps de bâtiment, cinq étages, cela me fait quatre cent cinquante marches à balayer, pas une de moins, allez! Je me trompe pas..., je les ai assez souvent comptées. Si c'est pas honteux de faire travailler comme cela une femme *poumonique!*

— Pour sûr, le gérant n'est pas raisonnable. Je comprends que dans les grands quartiers les propriétaires obligent à nettoyer tous les samedis, rapport qu'il y a des tapis et des ascenseurs; mais ici, au 12 *bis* du boulevard de la Villette, je vous demande à qui que ça profite? Sur les cinquante-deux logements, le plus fort loyer est de six cent cinquante francs; alors on n'est pas des princes, et on ferait bien mieux de laisser notre marmaille jouer dans la cour que de nous cirer nos escaliers ; car il a été question de les cirer, n'est-ce pas, m'ame Michon, au moins celui du devant ?

— Parfaitement. Même que j'ai dit au gérant : Si vous voulez qu'on cire, prenez un frotteur ! C'est pas moi, bien certainement, une *quincagénaire,* qui va faire c'te besogne-là !

— Comment, ma pauv' m'ame Michon, vous êtes quincagénaire, et vous me l'aviez pas confié ! C'est une suite de votre pulmonie sans doute ?

— Mais non, madame Tournesol ; cela veut dire que je vais sur mes cinquante-quatre ans. Ça s'appelle comme cela quand on a dépassé cinquante-trois ans. Mais entrez donc un instant dans la loge : précisément mon café est prêt. Vous en prendrez bien une goutte avec moi. Faut pas se laisser périr quand on a du travail comme nous.

— Tout de même, pour pas vous refuser ; mais vous savez, c'est moi qui fournis le lait. Précisément je reviens de chez la crémière. »

Et Mme Tournesol, la femme du tailleur en vieux, — au troisième, escalier C, *sonnez fort !* — pénétra chez la concierge du 12 *bis,* boulevard de la Villette. Puis elle déposa sa boîte en fer-blanc sur l'angle de la cheminée et se mit à observer les allées et venues des locataires.

En réalité, ce qu'elle guettait avec tant de soin, c'était l'arrivée de la mère Lombard, la corsetière du fond de la cour. Depuis un temps immémorial, tous les jours, dimanches exceptés, ces trois femmes se réunissaient pour prendre en commun leur café de midi. Mme Michon fournissait la décoction, Mme Tournesol le lait, et la mère Lombard le sucre, dont elle avait toujours un petit sac dans sa poche. La tradition voulait seulement qu'on s'invitât à chaque fois, comme s'il s'agissait d'une rencontre accidentelle. Quand la besogne ne pressait pas trop, le cénacle restait là deux bonnes heures à remuer la petite cuiller au fond des tasses, en se confiant les menus événements du quartier et les potins de la maison. Il n'était pas rare même que quelque autre commère, entrée par hasard, ne s'adjoignît au groupe et ne lui apportât son contingent d'informations. Mais, en ces circonstances, on s'observait davantage, on parlait moins librement ; la nouvelle venue n'était pas considérée comme une vraie confidente, tandis que lorsque le trio ne sentait pas d'oreilles étrangères autour de lui, il s'en donnait à langue que veux-tu.

Et la gazette de l'actualité ne chômait guère dans cette vaste cité ouvrière, dont chaque logement versait sur le carré de son étage le trop-plein de sa progéniture et les relents de sa cuisine de pauvre. Tout ce monde, pour augmenter sa maigre part d'air et de lumière, vivait portes et fenêtres ouvertes, tant que la saison le permettait, et le bruit des querelles de ménages, des pleurs d'enfants corrigés, se mêlait au ronronnement des outils de travail et au grésillement des oignons sur les poêles. On savait par le menu le décompte des taloches distribuées chaque semaine et le nombre des harengs frais servis sur chaque table. La cité faisait une consommation formidable de harengs, — hareng qui glace ! qui glace !... hareng nouveau ! — sans doute parce qu'une marchande au panier, habitant sous les toits, faisait profiter les ménagères, ses voisines, de ses « invendus » de la journée.

Au milieu de tout ce petit peuple difficile à régenter, surtout les samedis de grande quinzaine, c'est-à-dire les jours de paye, où l'abondance du vin à douze et les tournées de casse-poitrine rendaient les humeurs plus bruyantes, m'ame Michon, incarnation visible de cet épouvantail qui se nomme le propriétaire, trônait avec toute l'autorité que lui donnaient sa belle prestance de matrone,

encore qu'un peu asthmatique, et ses trente années de services inin-
terrompus. Elle avait hérité du cordon tenu avec probité par sa mère
depuis la fondation de l'immeuble, tout en haut de la Courtille, et
cette longue suite d'aptitudes professionnelles était rappelée avec
admiration dans le quartier. De plus, m'ame Michon se trouvait, par
la force des circonstances, la dépositaire des anciens souvenirs; on
la consultait avec respect sur les points douteux d'histoire locale, et
un jury d'expropriation l'avait un jour citée à sa barre pour éclaircir
le bien fondé d'une question de mur mitoyen.

M'ame Michon eût donc vécu parfaitement heureuse, en tant que
le bonheur soit de ce monde, n'eût été l'obsession de ses quatre cent
cinquante marches d'escalier à balayer le samedi, et les soucis causés
par la paresse de son homme, Valérien Michon.

Quand elle l'avait épousé, au décès de sa propre mère, Valérien
était un bon ouvrier cordonnier, qui gagnait des journées de sept à
huit francs en atelier et ne chômait jamais. Sans doute, si le ménage
eût eu des enfants, la nécessité de pourvoir à leur entretien et à leur
avenir aurait fourni un aliment nouveau à l'activité du père; mais
comme l'union des époux Michon avait été stérile, peu à peu Valérien
s'était habitué à considérer la médiocre aisance fournie par la place
de concierge comme suffisante à ses goûts d'ailleurs modestes, et
maintenant, au lieu de clouer des empeignes, il jouait au prince
consort, assis du soir au matin dans un fauteuil de la loge, à moins
qu'il n'errât sur les bords du canal de la Villette, car il s'était mis
d'une société de pêcheurs à la ligne, *les Frères du hameçon.*

« Cela vaut mieux que de faire de la politique, soupirait
m'ame Michon; mais ça nous coûte encore cinq francs de cotisation
tous les trois mois, sans compter les asticots ! »

Ce jour-là, par exception, Valérien n'était ni au logis ni à la pêche.

Rasé de frais et vêtu de son plus beau veston noir, il répondait à une convocation judiciaire, étant cité comme témoin par la huitième chambre correctionnelle. Mme Tournesol espérait de nombreux détails sur ce grand événement. Aussi, dès que la mère Lombard eut été hélée par ces paroles : « Vous n'entrez pas nous dire un petit bonjour, *aujourd'hui ?* » et qu'elle eut déplié son sac de sucre, Mme Tournesol aborda résolument la question.

« Ce n'est tout de même pas gentil, m'ame Michon, de ne point nous avoir prévenues que l'audience était pour cet après-midi ; on se serait arrangé, avec la mère Lombard, pour aller faire un tour du côté du palais de justice. J'aurais tant désiré entendre M. Valérien déposer et lui voir lever la main droite à Dieu !... Moi, il n'y a rien qui m'émotionne comme les procès.

— C'est vrai, interrompit la mère Lombard, après le feuilleton c'est ce que j'aime le mieux à lire dans mon *Petit Journal*.

— Eh bien, figurez-vous l'intérêt, quand au lieu de lire on aperçoit en chair et en os les acteurs du drame. Il y a cinq ans, j'ai vu juger une bande de cambrioleurs. C'était effrayant, ma chère ! Ils avaient des têtes !... et puis, sur une grande table, on avait exposé leurs instruments : des fausses clefs, des pinces-monseigneur, tandis que dans des malles ouvertes au pied du tribunal se distinguait pêle-mêle une bonne partie du produit de leurs vols : des robes de soie, des couverts d'argent, des pendules,... brr !... J'en ai encore le frisson. Le chef de ces voleurs, l'Auvergnat de Montmartre, a été condamné à dix ans de travaux forcés, et deux femmes de la bande ont attrapé chacune cinq ans de réclusion.

— En police correctionnelle, objecta m'ame Michon, c'est moins imposant, parce que les juges sont vêtus de noir au lieu d'avoir des robes rouges ; mais quand même la huitième chambre eût été habillée de pourpre ou de carmin, je n'aurais pas tenu à ce que vous y alliez. Voyez-vous, cette affaire d'aujourd'hui est trop triste, et le moins qu'on en parlera sera le mieux.

— Il s'agit encore de ce petit chenapan d'Olivier Dutemple, n'est-ce pas ? Un vrai récidiviste, qui a pour la troisième fois depuis deux ans maille à partir avec la justice. Espérons qu'on va le saler cette fois et en débarrasser l'arrondissement pour tout de bon.

— Ne dites pas cela, mère Lombard ; vous porteriez malheur à ce pauvre Olivier.

— Mais enfin, pourquoi diantre marquez-vous tant d'intérêt à ce mauvais garnement de vingt-cinq ans ? Il ne vous est de rien, ni parent ni allié. Vous n'êtes pas l'amie de sa famille, puisqu'on ne lui en connaît aucune ; lui-même ne vous a donné que des marques d'ingratitude en échange de vos avances... Alors, quoi ?

— Mon Dieu, madame Tournesol, on ne se commande pas. Si je veux du bien à ce vaurien, comme vous l'appelez et comme il mérite d'être appelé, c'est sans doute parce que je sais combien tout le monde lui a manqué depuis les premiers jours de son enfance, et que je le revois encore tout faible, tout grelottant, tout pâlot, tel que je l'ai recueilli dans les terrains vagues de la rue de Belleville, quelque temps après mon mariage, pendant la semaine qui a suivi la répression de la Commune. Ah ! le pauvre petit diable, comme il était gentil alors, avec ses petits bras qui se tendaient vers moi, et sa jolie bouche goulue criant famine !

— Comment ! c'est vous qui avez trouvé Olivier ?

— Certainement ! Ne vous l'ai-je pas conté déjà ?

— Oui, en deux mots, mais sans jamais nous expliquer la chose en détail. Puisque rien ne nous presse aujourd'hui, faites-nous donc le récit détaillé de l'aventure, pendant que le café refroidira.

— C'est cela, m'ame Michon ; vous parlez comme un livre quand vous vous y mettez, et moi j'adore les histoires d'enfants trouvés. »

Vanter à la concierge ses talents de narratrice, c'était la prendre par son faible. Elle ne songea guère à résister au désir de ses interlocutrices, et, se tassant commodément dans son fauteuil, commença ainsi :

« Vous savez que notre quartier a été tout particulièrement éprouvé pendant la Commune, puisque c'est à deux pas d'ici, au cimetière du Père-Lachaise, que les derniers gardes nationaux ont résisté aux troupes de Versailles. Pendant toute la durée de ce qu'on a appelé depuis la semaine sanglante, ce que j'ai vu passer de morts et de blessés sur des charrettes, le long du boulevard, ce que j'ai entendu de bruit de fusillades, ne saurait se décrire. A la fin on était tellement habitué à toutes ces horreurs, qu'on y assistait hébété, sans plus avoir la force de s'indigner ni de souffrir. Dans le malheur commun, j'avais toutefois une consolation, celle de savoir Valérien sain et sauf à l'abri des coups. Enrôlé comme ouvrier militaire pour la durée de la campagne, il clouait encore des semelles de godillot en province quand l'insurrection éclata, de sorte qu'il avait évité la famine du siège et ne s'était pas trouvé pris dans les rangs de la garde nationale parisienne. Lorsqu'il revint, après les journées de mai, vous pensez avec quelle joie nous nous retrouvâmes dans les bras l'un de l'autre, et combien de choses nous avions à nous dire. Le bonheur de nous sentir réunis effaçait l'épouvantement du spectacle des rues encore ensanglantées, et nous allions, bras dessus bras dessous, le long des maisons lézardées par les obus, comme si nous nous fussions trouvés à cent lieues du théâtre de la guerre civile.

« Cependant, peu à peu, et plus vite qu'on ne saurait le croire, la vie matérielle reprenait son cours. Les boutiques se rouvraient

une à une, d'abord celles des marchands de denrées alimentaires,
puis celles des tailleurs, des merciers, des cordonniers. Un jour un
journal annonça que la compagnie des omnibus réorganiserait pour
le lendemain ses principales lignes, notamment celle de Louvre-
Belleville, dont la tête était située à deux pas de notre maison,
au-dessus du bal Favier. On construisait là un bureau dans la cour
d'une maison déserte, cour prolongée par des terrains vagues. Valérien me dit :

« — Ce soir, après avoir mangé la soupe, il faudra que nous
allions voir si leur bureau est fini. Cela te va-t-il, Virginie ? »

« Si cela m'allait ? Bien sûr ! Me promener là ou ailleurs, pourvu
que je fusse avec mon mari. Donc, sur les neuf heures, je jette ma
fanchon sur ma tête, Valérien prend sa canne, et nous voilà remontant
la pente de la rue de Belleville. Le bureau n'était encore qu'une cage
en bois à l'entrée de la cour où devaient remiser les omnibus. Cela ne
valait pas la peine d'être visité, et nous serions passés outre si un banc
adossé à la palissade du terrain vague ne nous avait donné l'idée de
nous asseoir quelques minutes.

« — Il faut étrenner le bureau, » disait Valérien.

« Nous étions là, la main dans la main, causant de choses et
d'autres depuis quelques minutes, quand nous entendîmes derrière
la clôture de planches des petits cris plaintifs, comme des miaule-
ments de jeune chat. Cela nous étonna, et je vais vous dire pourquoi.
Pendant le siège on avait mis tous les chats en gibelotte, de sorte
qu'à cette époque un minet était presque une rareté à Paris. Valérien
appela : « Minou ! minou ! minou ! » Les cris cessèrent, puis reprirent
un instant après de plus belle, mais sans se déplacer, comme si
l'animal eût été attaché. De plus, les appels avaient quelque chose
d'étrange qui nous troublait sans que nous sachions pourquoi.

« Mon mari monta sur le banc et fouilla de l'œil l'obscurité; mais il ne distingua rien.

« C'est un petit enfant
abandonné. »

« — Tant pis, fit-il, il faut que j'aille voir ce que c'est.

« — Prends bien garde, Valérien!

« — Pas de danger, ma bonne, je suis à toi dans un instant! »

« Et, s'élevant sur les poignets, il franchit d'un saut la clôture.

2

Dame! il était leste alors, et moi non plus je ne pesais pas mes quatre-vingt-dix kilos!

« Valérien s'enfonça dans l'ombre. Quelques secondes après, sa voix, suffoquée d'émotion, parvenait à mes oreilles :

« Virginie ! Virginie !

« — Qu'y a-t-il? répondis-je toute tremblante.

« — C'est un petit enfant abandonné.

« — Est-ce possible?

« — Oui. Ne bouge pas, je vais le rapporter et te le faire passer par-dessus la balustrade. »

« Valérien revenait déjà, et je distinguais sur sa poitrine la tache blanche que faisaient les langes clairs enveloppant le petit être. Bientôt il me tendit le fardeau, que je reçus dans mes mains trem-blantes, franchit de nouveau la palissade et fut à mes côtés. C'est à la lueur d'une allumette que nous aperçûmes pour la première fois les traits de l'innocent. Nous redoutions de le trouver meurtri, ensanglanté peut-être, car la première idée qui nous vint fut celle d'une tentative de crime commis par quelque mère dénaturée. Mais non, l'enfant était frais et bien portant, quoique un peu pâli par l'air déjà froid de la nuit; sa petite brassière et son bonnet de piqué blanc, orné de dentelles, étaient rigoureusement propres.

« — En voilà une trouvaille, dit Valérien. Qu'allons-nous en faire?

« — Le plus pressé, me semble-t-il, c'est de le porter au commissariat de police, qu'on vient de rouvrir, et de conter notre aventure; puis nous courrons à la maison, où la brave Mme Laroche, qui nourrit un petiot du même âge environ, lui donnera certaine-ment un peu de son lait. Après on avisera.

« — Tu as raison. »

« Nous voilà en route pour le commissariat, escortés de quelques voisins et voisines accourus en nous voyant passer, et prêts à certifier que nous étions d'honnêtes gens, à la parole desquels on pouvait ajouter foi. Le secrétaire du commissaire nous fit grise mine ; il était mécontent du surcroît de travail qu'allait lui occasionner une enquête nécessitée par un bébé de quinze jours, alors que les arrestations, accomplies encore par douzaines chaque nuit, lui paraissaient avoir une bien autre importance. Aussi ses questions furent-elles très sommaires ; il rédigea son rapport en quelques lignes, le fit signer par quatre des témoins présents et nous rendit l'enfant en nous enjoignant de le porter dès le lendemain matin à l'Assistance publique.

— Mais, interrompit Mme Tournesol, qui depuis le commencement du récit laissait refroidir son café, qu'elle aimait cependant à boire très chaud, comment admettez-vous que cet enfant ait pu, si ses parents ne voulaient pas sa mort, être exposé dans un terrain vague où, la nuit, ses cris risquaient de n'être point entendus ?

— Nous nous le sommes demandé plus tard, et voici l'explication qui nous a semblé la plus probable :

« Sans doute gravement compromis dans les affaires de la Commune, le père du bébé s'était caché pendant les premiers jours de la répression. Mais les retraites devenant de moins en moins sûres, peut-être le zèle des personnes qui lui donnaient asile s'étant lassé, il avait fallu se déterminer à la fuite, et l'épouse du fugitif, la mère présumée du bambin, avait voulu suivre le proscrit. Comment gagner la frontière à pied, en emmenant un marmot qui à chaque pas les empêcherait de passer inaperçus ? On résolut donc d'abandonner provisoirement l'enfant jusqu'à des temps meilleurs, certains qu'à Paris la charité publique ne lui ferait pas défaut ; car, même en ces jours lugubres, où les hommes s'entre-déchiraient comme des fauves, les enfants furent toujours à l'abri des querelles de leurs pères.

« Donc j'imagine le couple descendant la rue de Belleville, peut-être sous un travestissement, avec l'intention d'aller exposer le petit sur un banc du boulevard ou sous le porche d'une église. A l'entrée du faubourg du Temple campait encore à cette époque un piquet de soldats de la ligne, avec mission d'interroger les suspects. A cette vue les parents ont pris peur ; ne pouvant ni retourner sur leurs pas ni se risquer plus avant, ils se sont terrés dans le premier trou d'ombre à leur portée. C'était la cour du dépôt des omnibus. Le père a sauté par-dessus la clôture, comme Valérien, et déposé à l'abri des planches son pauvre abandonné, en le recommandant à la grâce de Dieu ; puis, suivi de sa compagne, il a pris la fuite.

« Quel sort l'attendait? Est-il mort déporté ou victime de quelque exécution sommaire, fusillé au pied d'un mur? A-t-il réussi dans ses projets d'évasion? Nul ne l'a jamais su. Et la mère? Elle non plus n'a jamais donné de ses nouvelles, et pourtant elle avait promis de revenir, comme vous allez voir.

« Rentrés à la maison, notre premier soin fut de courir à la chambre de Mme Laroche pour réclamer son aide. C'était une jeune veuve, dont le mari, ouvrier mécanicien, était mort des suites des privations du siège, la laissant enceinte et sans autres ressources que son travail de couturière. Les deuils semblables étaient si fréquents à cette époque, qu'on n'avait guère le temps de s'apitoyer sur chacun d'eux en particulier. On plaignait cependant tout spécialement Mme Laroche, dont le bon cœur était connu de tous, et qui, à peine relevée de ses couches, s'était remise courageusement à tirer l'aiguille pour élever son petit André, ainsi nommé en souvenir du père défunt.

« Dès que nous lui eûmes montré le bébé et conté les circonstances de notre trouvaille :

« — Est-il possible, s'écria-t-elle, qu'il y ait sur terre des gens encore plus éprouvés que moi! Pauvre petit! il n'a même plus de mère! »

« Et, dégrafant son corsage, elle présenta le sein au marmot, qui se mit à boire goulûment.

« Lorsque sa faim et ses cris furent apaisés, on songea à le démailloter pour lui faire partager le berceau d'André. Tandis que nous procédions à cette opération bien doucement, car il commençait déjà à dormir, un papier plié en quatre s'échappa de sa brassière, et nous lûmes ces mots tracés au crayon :

« Obligée, pour fuir un danger menaçant, d'abandonner pro-
« visoirement mon fils Olivier, je le confie à la charité de la per-
« sonne qui le recueillera. Ayez pitié de lui !... »

« Rien n'accompagnait ces lignes, rien!... pas même la médaille, pas même la bague ou le bout de ruban destinés à servir plus tard de signe de reconnaissance. On devinait dans la manière dont avaient été tracées les lettres l'affolement et le désarroi d'une fuite imprévue et précipitée. Ce carré de papier était désormais tout ce qui rattachait l'abandonné à sa famille inconnue.

« Nous serrâmes précieusement le billet afin de le communiquer le lendemain à l'Assistance publique; puis nous nous concertâmes sur les moyens de répondre à l'appel désespéré que nous jetaient ces parents aux abois. En y mettant chacun un peu du sien, on y parviendrait. Mme Laroche garderait le nourrisson, à qui elle donnerait un demi-litre de lait, et nous lui payerions une toute

petite pension de quelques francs par mois pour ses menues dépenses
de linge, de blanchissage. Quand l'enfant serait plus grand, sans
doute que l'administration nous aiderait dans notre œuvre par un
secours régulier. Je serais marraine, et Valérien parrain... Bref,
nous faisions un tas de projets plus beaux les uns que les autres,
et peut-être, s'ils avaient pu se réaliser, les choses auraient-elles
mieux marché. Hélas! nous avions compté sans la volonté de cette
impitoyable administration, qui n'admet pas que les affaires se
règlent si simplement, comme l'entendent des bonnes gens.

« Quand nous nous rendîmes, trois jours après, aux bureaux de
l'Assistance, — car pendant ce délai nous n'avions pu quitter la
maison aux heures requises, — nous fûmes reçus par un commis à
l'air rogue, qui nous reprocha d'abord très sévèrement de n'être pas
venus plus tôt et d'avoir sur ce point désobéi au commissaire. Nous
aurions volé le bébé, qu'il ne nous eût point parlé sur un ton plus
mal poli. Aussi, dès que Valérien eut balbutié les premiers mots de
notre plan :

« — Il ne s'agit pas de tout cela, interrompit-il. Proposez-vous,
oui ou *non*, d'adopter l'enfant?

« — C'est tout comme, monsieur; nous nous chargerons de lui
jusqu'à ce que sa mère le réclame.

« — L'Assistance n'a pas à entrer dans vos combinaisons fantai-
sistes. Elle observe des règles qui ne peuvent fléchir pour faire plaisir
à des inconnus; elle ne place pas ses pupilles à Paris, vous n'avez
donc aucune chance de vous voir attribuer la garde de celui-ci.

« — Mais, monsieur...

« — Il n'y a pas de « mais, monsieur »; allez vous asseoir pendant que je rédige mon procès-verbal de constat. »

« Pauvre Olivier! ainsi il nous était enlevé au moment même

où nous commencions à nous attacher à lui. Les larmes nous montaient aux yeux quand l'infirmière de l'hôpital vint en prendre « livraison ». Le moment de la plus cruelle épreuve fut marqué par les formalités de l'état-civil, où l'on nous obligea à servir de témoins.

« L'employé inscrivit Olivier Dutemple, âgé de trois semaines...

« — Pourquoi, demandâmes-nous, lui donnez-vous, comme nom de famille, *Dutemple?*

« — C'est une coutume, nous répondit celui-ci. Lorsqu'un enfant trouvé n'a point de particularité physique par laquelle on le puisse désigner, comme Leborgne, Lebossu, Legras, Lemaigre ; quand, d'autre part, ses cheveux ne sont pas encore poussés et qu'on ne peut le nommer ni Lebrun ni Leblond, il est d'usage de lui attribuer comme appellation patronymique celle du lieu où il a été recueilli. Ainsi, ce matin, j'ai inscrit sur ce registre une petite Marguerite Desjeûneurs, parce qu'on l'a ramassée sous la porte cochère du numéro 2 de la rue des Jeûneurs. Votre Olivier ayant été trouvé en haut du faubourg du Temple... »

« Comme nous restions abasourdis :

« — Ne le plaignez pas, ajouta-t-il ; quand ils deviennent grands et qu'ils ont réussi, ils séparent la particule du reste de leur nom, et cela fait une noblesse très présentable. Un grand nombre des *de, du, de la* et *des* n'ont pas d'autre origine. »

« De retour à la Villette, il nous fallut encore essuyer les reproches de Mme Laroche. Elle ne pouvait se résigner à croire que nous n'y eussions pas mis un peu de négligence.

« — Si j'avais été là, répétait-elle, les choses ne se seraient point passées ainsi. »

« Par exemple ! j'aurais bien voulu voir ce qu'elle aurait fait à notre place !...

« Pourtant elle nous donna une preuve de la façon dont elle savait se débrouiller en se procurant l'adresse de la nourrice nivernaise à laquelle on avait confié l'enfant, indication qui nous avait été totalement refusée.

« Par une de ses clientes, femme d'un gardien de bureau de l'Assistance, elle sut qu'Olivier avait été remis à une paysanne des environs de Saintcaize, se mit en rapport avec celle-ci et l'avisa qu'on ajouterait à la pension de l'Assistance quelques petits subsides en argent ou en vêtements, si elle voulait bien nous donner tous les trois mois des nouvelles d'Olivier. La bonne femme y consentit, et, ce qu'il y a de comique, c'est qu'elle s'imagina longtemps que Mme Laroche était la véritable mère de son nourrisson. Nous sûmes ainsi, par les lettres qui nous arrivaient périodiquement, que l'enfant jouissait d'une santé superbe, puis plus tard, quand on l'envoya à l'école, qu'il y donnait des preuves d'une intelligence précoce et obtenait tous les prix au détriment de ses petits camarades. A partir du moment où il sut écrire, lui-même d'ailleurs nous adressait chaque année, au jour de l'an, des petites missives fort bien tournées, ma foi! dans lesquelles il nous remerciait des menus cadeaux qu'il recevait.

« Nous n'imaginions pas cependant que les circonstances dussent jamais nous permettre de revoir Olivier, quand un beau jour, — c'était, je me rappelle, un 2 octobre, — je vis entrer dans la loge un adolescent, vêtu d'une blouse bleue de jeune paysan et coiffé d'un béret de laine noire, qui me dit :

« — C'est bien vous la concierge du 12 *bis* du boulevard de la Villette ?

« — Oui, mon garçon.

« — Autrement dit Mme Michon ?

« — Parfaitement.

« — Eh bien, sauf le respect que je vous dois, je voudrais vous

« C'est bien vous la concierge? »

embrasser, et aussi une nommée Mme Laroche et son fils, un gars de
mon âge, qui s'appelle André. Je suis le petit Dutemple.

« — Ah! par exemple! » fis-je tout étonnée.

« Je n'en pouvais croire mes yeux. Était-ce possible que ce solide gaillard, presque un jeune homme, car déjà un fin duvet estompait sa lèvre supérieure, fût le résultat du marmot que j'avais tenu dans mes bras? Comme le temps passe, mon Dieu! et je ne pus m'empêcher, tandis que je rendais à Olivier son accolade, de jeter un coup d'œil sur le miroir de ma vieille armoire à glace. Oui, il y avait bien quinze ans d'écoulés depuis ma visite à l'Assistance publique. Les quelques fils d'argent qui commençaient à se montrer autour de mes tempes n'en témoignaient que trop. Maintenant dix années nouvelles ont encore neigé sur ma tête, et je ne compte plus mes cheveux gris...

« Mme Laroche fut encore plus surprise et plus joyeuse que moi. Elle accueillit Olivier comme un parent retrouvé, et André lui-même, qui avait si souvent entendu parler du petit camarade de la Nièvre, déclara qu'il n'aurait pas de meilleur ami que lui. Le soir un bon dîner, vrai festin de gala, — il y avait notamment du veau aux carottes exquis, — nous réunit dans la petite cuisine de la veuve, tandis que Valérien gardait la loge. Il n'a pu venir que pour prendre le café, le pauvre homme!

« Olivier nous conta, avec force détails, l'heureux hasard qui l'amenait à Paris. Chaque année on faisait concourir les meilleurs élèves des différentes écoles du département de la Nièvre pour l'obtention d'une bourse à l'école supérieure Jean-Baptiste-Say, bourse payée par le conseil général. L'élève Dutemple avait été classé le premier, et voilà comment il nous arrivait, prêt à entrer le lendemain dans l'établissement, où il serait interné jusqu'à sa dix-huitième année.

— Savez-vous, interrompit la mère Lombard, qu'il n'était pas

déjà si malheureux, votre enfant trouvé! Avec de pareils atouts en
main, rien ne l'empêchait de devenir un honnête homme, un très
habile ouvrier et peut-être même un ingénieur. Il ne m'en semble
que plus misérable de s'être transformé en chenapan, en voleur
récidiviste.

— Oui, c'est vrai; c'est bien pour cela que vous m'avez vue si
triste aujourd'hui, et cependant je voudrais croire encore que ce
garçon n'est point absolument corrompu.

— Mais enfin, comment a-t-il pu en arriver là?

— Je vais vous le dire brièvement; car, si je me suis un peu
appesantie sur les débuts de l'histoire, c'est que seuls ils me rappelaient des souvenirs moins amers.

« Olivier était, comme vous le savez déjà, doué de beaucoup de
facilité pour apprendre et n'avait pas mauvais cœur; mais n'ayant
jamais connu d'autre autorité que celle de sa vieille nourrice, il s'était
habitué à une indépendance de caractère et à une horreur de toute
discipline qui rendirent son séjour très difficile à Jean-Baptiste-Say.
Plusieurs fois, malgré ses succès scolaires, il fut sur le point d'être
renvoyé pour insubordination. Ce n'étaient encore là que des gamine-
ries sans conséquence, et sans doute que si une main ferme était
intervenue dans son éducation, rien n'eût encore été perdu.

« Malheureusement, en dehors de l'école, il ne dépendait que
d'un subrogé-tuteur désigné par l'Assistance et choisi par elle parmi
ses *visiteurs*. Ce monsieur, qui comptait bien au moins une dizaine
de pupilles de la même espèce, se souciait peu de s'occuper de
chacun d'eux en particulier. Je suis sûre qu'en trois ans il n'a
pas vu Olivier trois fois. En réalité, l'enfant fut donc livré à lui-
même. Nous lui donnions bien les meilleurs conseils que nous pouvions, quand il venait nous voir; mais, comme nous n'avions aucun

moyen de l'obliger à les suivre, il en prenait et il en laissait. Un beau jour il nous apprit qu'il venait de contracter, à la limite d'âge, un engagement dans l'infanterie de marine. Il en avait assez des bancs et des livres, et voulait voir du pays.

« — Mais, mon pauvre ami, lui objecta Valérien, tu ne peux déjà pas t'entendre avec tes maîtres d'études ni souffrir qu'ils te fassent une observation; comment feras-tu pour t'accommoder de la caserne et de la discipline militaire?

« — D'abord, répondit-il, je ne serai pas à la caserne, ou du moins n'y séjournerai que fort peu de temps, puisque les troupes d'infanterie de marine sont envoyées aux colonies et font presque toujours campagne. Et puis, par mes chefs, je serai au moins traité comme un homme. J'aime mieux la salle de police ou le peloton de chasse que les pensums et les heures de retenue. D'ailleurs, il n'y a pas à y revenir, j'ai signé mon engagement hier.

« — En ce cas, mon garçon, il ne nous reste qu'à te souhaiter bonne chance. Gagne vite tes galons de caporal, et écris-nous le plus souvent que tu pourras; car tu sais qu'ici nous ne t'oublierons jamais. »

« André l'embrassa bien fort et le força à accepter, comme cadeau d'adieu, ses petites économies, une cinquantaine de francs, prélevés sou par sou sur ses premières payes d'ouvrier. Il travaillait depuis trois ans dans une fabrique de produits chimiques de Saint-Denis, et, son apprentissage terminé, venait d'être appointé depuis le commencement de l'année.

« Pour vous faire comprendre combien André avait du mérite à casser ainsi d'un seul coup sa tire-lire, il faut savoir que sa mère et lui étaient toujours fort pauvres et vivaient souvent de privations. La malechance, d'ailleurs, n'a point cessé de le hanter. A peine le

fils commençait-il à gagner et à pouvoir introduire dans le ménage
une aisance jusque-là inconnue, que la mère se trouva obligée de
cesser ses travaux d'aiguille. Sa vue, affaiblie par des veillées trop
prolongées, lui interdisait désormais le métier de couturière. Leur
situation n'a donc pas beaucoup changé; ils habitent maintenant de
l'autre côté du boulevard, ayant déménagé quand le gérant a voulu
augmenter ici leur prix de location.

« Mais revenons à Olivier.

« On l'envoya au Tonkin : de là il nous écrivit deux fois. Sa première lettre débordante de joie, quoique datée d'un hôpital, nous
apprenait en substance qu'il s'était couvert de gloire dans la colonne
du sergent Bobillot, et que, blessé dans l'affaire où son chef trouva
une mort si héroïque, il avait été mis à l'ordre du jour de son régiment.

« — J'ai, disait-il, reçu un coup de sabre au bras gauche, et il
me faudra bien trois mois pour me remettre complètement; mais
qu'est-ce que cela au prix de la médaille militaire, qui m'attend pour
la distribution de janvier prochain! »

« La seconde lettre, datée d'une prison, chantait une tout autre
antienne. Pendant sa convalescence, le soldat Dutemple n'avait trouvé
rien de mieux que de se prendre de querelle avec un sergent anna-
mite, et, à la suite d'une violente discussion, de lui asséner un formidable coup de poing de son bras resté valide. Violences et voies
de fait envers un supérieur!... Heureusement que ce n'était pas
à l'occasion du service, sans quoi Olivier eût risqué la peine de mort.
Néanmoins il passa en conseil de guerre, où il eût certainement été
condamné à plusieurs années de travaux publics, si son avocat n'eût
habilement plaidé son état de santé anormal, encore troublé par les
fièvres consécutives à la maladie, et enlevé en fin de compte son

acquittement en remémorant ses récents actes de bravoure en face
de l'ennemi. Bref, Olivier s'en tira avec soixante jours de cellule ;
mais il ne fallait plus compter ni sur la médaille militaire ni sur le
certificat de bonne conduite à l'époque de la libération, qui approchait
à grands pas.

« Du coup, notre marsouin, — comme se nomment eux-mêmes
les soldats d'infanterie de marine, — fut complètement dégoûté du
métier, et quand nous le revîmes, un an après, encore anémié par
son séjour au pays des rizières, il ne cessait de se lamenter sur
l'injustice du sort et des hommes.

« C'est alors qu'il commença à mal tourner. Aigri par l'insuccès
de sa première tentative, incapable d'aucune occupation manuelle
lucrative, puisqu'il n'avait fait aucun apprentissage précis, il se mit
à fréquenter, autour des comptoirs de marchands de vin, la société
des « sublimes », qui cherchent du travail en priant le bon Dieu de
n'en pas trouver, et qui tonnent contre une société incapable de
reconnaître leurs mérites. Le soir, on le voyait dans des réunions
publiques, où péroraient les compagnons anarchistes, et déjà il
paraissait assez suspect pour que la police relevât avec soin la liste
des hôtels garnis où il se logeait.

« Son premier délit nettement constaté fut un vol d'aliments. Il
avait été dîner dans un restaurant des environs des Halles avec trois
mauvais sujets, qui commandèrent un repas fin, arrosé de vins de
toute espèce, et au dessert filèrent chacun de leur côté, à l'anglaise,
en laissant leur invité comme gage au patron. Mon Olivier eut beau
jurer qu'il avait été dupe en cette affaire, on ne voulut pas croire
qu'il eût été si naïf que cela, et on le condamna à un mois de prison
pour ses complices, qui ne furent jamais retrouvés.

« Quand je dis jamais retrouvés, j'entends par les agents de la

sûreté. Olivier, lui, rencontra un de ses mystificateurs à sa sortie de
prison, à la foire au pain d'épices, où le malandrin faisait le boniment
à la porte d'une femme colosse. Sans plus d'explications, il saute au
collet du bonhomme et se met en devoir de lui administrer une râclée
monumentale. L'autre crie à l'assassin; les sergents de ville inter-
viennent et mènent l'agresseur au poste, tandis que la victime, fort
mal en point, était conduite à l'hôpital Lariboisière.

« Cette fois notre Dutemple ne s'en tira pas à moins de six mois
de prison, les juges ayant admis la préméditation.

« Mais c'est sa dernière affaire, celle qu'on juge aujourd'hui, qui
semble la plus grave. Il s'agit d'un vol de bicyclette.

« Vous comprenez qu'Olivier, qui ne trouvait déjà pas facilement
du travail quand son casier judiciaire était vierge, n'en trouva plus
du tout quand il fallut exhiber deux condamnations récoltées en
moins d'un an. Il se mit donc à « bricoler » de droite et de gauche.
En dernier lieu, usant des aptitudes remarquables qu'il possédait pour
tous les exercices physiques, il s'était improvisé professeur vélocipédique
au bois de Boulogne ; mais comme il n'avait point de machine à lui,
il en louait une à la journée, tantôt chez un fabricant, tantôt chez un
autre, et la sous-louait à l'heure à ses élèves d'occasion. La différence constituait son bénéfice. Un beau jour, un novice maladroit
alla se heurter, en faisant des évolutions tout seul, contre un arbre
du bois et brisa net la bicyclette. Olivier, à ce qu'il dit du moins,
n'osa point aller confier sa mésaventure au marchand, d'autant qu'il
n'avait point d'argent pour l'indemniser. Perdant la tête, il abandonna
dans un fourré la machine faussée et hors d'usage, dont les débris
furent subtilisés la nuit par quelque rôdeur, et résolut d'essayer de
faire perdre ses traces en changeant une fois de plus de domicile.

« Comme ses allées et venues étaient surveillées par la brigade politique, ainsi que je vous l'ai expliqué tout à l'heure, les agents n'eurent aucune peine à lui mettre la main au collet, dès que le fabricant eut porté plainte pour escroquerie. Pauvre Olivier! l'histoire de l'accident ne sera pas crue, puisqu'on n'en a pas retrouvé l'auteur pas plus que les débris de la machine, et les tribunaux sont très sévères en ce moment contre les voleurs de bicyclettes, qui se multiplient de jour en jour et qu'on accuse de former des bandes organisées. J'ai bien peur qu'il ne paye pour tous les filous inconnus qui roulent encore à toutes pédales. »

Ce disant, m'ame Michon tira de sa poche son mouchoir à carreaux bleus et se mit à essuyer une larme qui, à la fin de son récit, débordait de sa paupière. Mme Tournesol et la mère Lombard, ne sachant trop que dire, gardaient le silence devant leur tasse à café vide, lorsqu'un nouveau venu pénétra dans la loge.

C'était un grand jeune homme blond aux yeux noirs, vêtu comme un petit employé de commerce.

« Bonjour, mesdames, dit-il, je ne vous dérange pas?

— Tiens! M. André? fit m'ame Michon, quelle surprise! Figurez-vous qu'il n'y a pas cinq minutes, je parlais de vous avec mes bonnes voisines.

— A quel propos, chère madame Michon?

— Au sujet de ce malheureux Olivier, qu'on juge aujourd'hui, comme vous savez. Je leur contais que vous l'aviez connu tout enfant et que vous espériez, comme nous, qu'il deviendrait un honnête homme. En voilà un qui a trompé nos espérances!

— C'est vrai, et aucune déception ne m'a causé peine plus cruelle que la chute de mon ancien ami. Dieu veuille qu'il se repente, s'il en est temps encore, et fasse peau neuve. Ah! s'il avait eu une mère à aimer, à écouter, à protéger, sans doute qu'il eût orienté sa

vie d'une façon différente. Mais ne parlons pas de toutes ces choses,
madame Michon; j'étais venu aujourd'hui pour vous faire mes adieux,
car je vais quitter la France.

— Ah bien! en voilà une nouvelle, par exemple! Vous avez
donc trouvé une place à l'étranger?

— Précisément, et j'ajoute que ce n'est pas trop tôt, car l'existence à Paris commençait à devenir bien difficile pour maman et moi.
On ne me faisait entrevoir qu'un avancement très lent dans ma
fabrique de produits chimiques, et je ne sais trop à quelle époque
j'aurais pu procurer à Mme Laroche l'aisance à laquelle elle a tant de
droits sur ses vieux jours. Aujourd'hui l'avenir se présente plus sou-
riant; je puis même devenir riche, si je réussis dans l'entreprise qui
m'est confiée.

— N'y a-t-il pas d'indiscrétion à vous demander en quoi elle
consiste?

— Aucune. Je pars pour le compte d'une petite société très solide
et très sérieuse, qui vient de se fonder pour la découverte et l'exploitation de terrains aurifères dans l'Amérique du Sud. Je suis envoyé
tout d'abord en qualité de prospecteur. On nomme ainsi les voyageurs qui parcourent les pays encore mal connus des Européens
pour reconnaître les régions minières. Dame! c'est un métier qui
n'est pas à la portée de tout le monde; mais je m'y trouvais un peu
préparé par les notions de minéralogie et de géologie que j'avais été
obligé d'acquérir comme chimiste. De plus j'ai une bonne santé et
pas froid aux yeux, deux conditions obligatoires pour qui s'embarque
à destination de contrées malsaines et souvent dangereuses. Enfin le
président de la société m'a dit quelque chose qui m'a flatté:

« — Jeune homme, nous avons besoin, pour la mission délicate
dont il s'agit, d'une personne dont la probité soit absolue, puisque

3

rien ne lui serait plus facile que de nous tromper. C'est en raison de vos bonnes qualités morales que nous vous choisissons. »

— Bravo, André ! Voici un homme qui sait voir clair ; je ne le connais pas ce financier, mais ça me donne de l'estime pour lui de savoir qu'il vous a parlé ainsi.

— Taisez-vous, madame Michon, vous allez me faire rougir. Il est certain que si je trouve des pépites, je ne les mettrai pas dans ma poche sans avertir ; mais il ne manque pas, Dieu merci, de gens qui en feraient autant. Le tout, c'est que j'arrive à les découvrir, ces fameuses pépites ; car si je réussis à créer une exploitation, il est d'ores et déjà convenu que j'en serai le directeur, avec de beaux appointements et une part de dix pour cent dans les bénéfices nets.

— Pour le moment quelles sont les conditions qu'on vous fait ?

— On m'assure cinq cents francs par mois pendant toute la durée de mon exploration, frais de voyage et d'équipement payés. C'est magnifique !... Songez qu'à l'usine je n'arrivais pas à me faire deux cents francs.

— Mais, dites-moi, est-ce que vous allez emmener Mme Laroche dans ces pays de sauvages ?

— Vous voulez rire, mon excellente amie. Voyez-vous ma pauvre mère, à moitié aveugle, endurer les privations et les fatigues d'un voyage de découvertes ?... Non, elle restera ici, les pieds bien au chaud et sans souci du lendemain. La société lui versera chaque mois la moitié de mon traitement, et si par malheur je périssais au loin, elle lui payerait un capital suffisant pour lui garantir une rente viagère de douze cents francs. Le contrat a été passé hier avec une compagnie d'assurances. Toutes les dispositions sont bien prises, allez.

— C'est une séparation définitive alors ?

— Pas du tout. En cas de réussite, — et je réussirai, quelque
chose me le dit, — lorsque ma maison directoriale sera construite et
meublée, quand elle sera entourée des cultures et des jolis jardins que
je rêve, je ferai venir maman Laroche en paquebot transatlantique,
et en première classe, s'il vous plaît. J'irai l'attendre à la côte et la
conduirai comme une grande dame dans la villa que je lui aurai pré-
parée. C'est elle qui sera contente..., j'en ris d'avance.

— Mazette ! monsieur André, interrompit Mᵐᵉ Tournesol, elle ne
s'ennuiera pas votre mère. Si à ce moment-là elle a besoin d'une dame
de compagnie pour jouer au bésigue, vous me ferez signe.

— Je vous invite toutes, c'est entendu ; seulement laissez-moi
découvrir d'abord mes terrains aurifères.

— Valérien sera joliment surpris quand il apprendra que vous
nous quittez. Vous ne partirez pas sans lui avoir serré la main, n'est-ce
pas ? Mais je ne me trompe pas, le voici précisément qui arrive. Ciel !
comme il a l'air déconfit ! Le résultat n'a pas dû être bon à la huitième
chambre. »

En effet, le cordonnier honoraire débouchait à ce moment de la
porte cochère. Son allure triste contrastait avec sa mine replète et
naturellement réjouie.

Du plus loin qu'il aperçut le groupe, il laissa échapper un gros
soupir.

« Ah ! mes enfants ! Ah ! mes enfants !

— Eh bien, quoi ! Qu'y a-t-il ? demandèrent simultanément les
trois femmes, qui s'étaient levées.

— Ce pauvre Olivier !...

— Quelle peine a-t-il encourue ?

— Vous ne devinerez jamais, dit M. Michon en se laissant choir
sur un des sièges devenu vacant.

— Mais parle donc !... On ne va pas lui couper le cou, peut-être, pour avoir volé une bicyclette.

— Non ; mais il n'en vaudra guère mieux.

— Les tribunaux correctionnels, observa André, ne peuvent pas infliger plus de cinq ans de détention : aurait-il attrapé le maximum ?

— Il n'a eu que deux ans ; mais...

— Parlez donc, de grâce !

— Mais à l'issue de sa peine il sera relégué. Cela, c'est une peine perpétuelle. »

Un cri de commisération sincère s'échappa de la poitrine de tous les assistants. Sans savoir au juste en quoi consistait cette sanction pénale, les femmes devinaient qu'il s'agissait là d'un châtiment exemplaire, qui retranchait à jamais de la société l'enfant protégé jadis par Mme Michon, et elles prenaient leur part de la douleur ressentie par leur amie.

André leur expliqua, pour tenter de calmer leur appréhension, mais le cœur plein de tristesse lui-même, que notre administration pénitentiaire envoie à la Guyane et à la Nouvelle-Calédonie trois catégories de délinquants : des déportés, des transportés et des relégués. Les premiers sont des condamnés politiques ; les seconds, des forçats qui vont accomplir leur peine dans nos colonies et y restent à leur libération, depuis que les bagnes de Brest et de Toulon ont été supprimés; les derniers, enfin, sont les coupables dont on entend purger le sol de notre France. Ils ne sont point prisonniers au sens rigoureux du mot, puisque la relégation n'est qu'une punition accessoire incombant après l'accomplissement du châtiment principal, qui est la détention. Toutefois ils sont soumis au cantonnement, au travail et à des juridictions spéciales et sévères. Olivier se trouvait donc dans la série la moins rigoureusement traitée, sinon la moins corrom-

Il s'était improvisé professeur vélocipédique au bois de Boulogne.

pue. Pourquoi, par des preuves de repentir, par une conduite régulière, n'obtiendrait-il pas sa libération conditionnelle, c'est-à-dire la faculté de vivre et de travailler, à peu de chose près, comme un colon volontaire ?

Et tandis que le jeune Laroche jetait ainsi dans l'esprit de ses auditeurs des lueurs d'espérance, lui-même se disait secrètement :

Là-bas l'anémie, la fièvre jaune, la fièvre paludéenne ! Pauvre Olivier, nous ne le reverrons jamais !...

CHAPITRE I

AU CHANTIER SPARVINE

Sur la rive droite d'un fleuve immense, large de près de deux kilomètres, et bordé à perte de vue d'arbres gigantesques dont les racines difformes se prolongent sous les eaux, tandis que leurs ramures se penchent, comme pour y boire, dans le courant, une route grossière, perpendiculaire au cours d'eau, a troué d'une éclaircie l'ombre épaisse de la verdure. Amarrés à la rive, des radeaux, des trains de bois mal joints, un ponton primitif, annoncent que la petite crique où aboutit ce chemin est le port d'embarquement d'une exploitation forestière. Nous sommes en effet à l'une des issues du chantier Sparvine, établi à quelques kilomètres du pénitencier de Saint-Jean, sur le Maroni.

A cette heure le port semble désert. Seul s'y promène un homme d'une trentaine d'années, vêtu d'un pantalon et d'une veste de grosse toile grise dont la coupe disgracieuse évoque l'idée d'un uniforme de prisonnier. Cet homme pourtant n'est point un détenu, il porte les

cheveux longs et la moustache, tandis que les forçats, vêtus à peu
près comme lui, ont la tête tondue et le visage rasé.

C'est un relégué, employé comme travailleur volontaire, et à
raison de deux francs de haute paye quotidienne, aux travaux de
déboisement. Sa tâche consiste à surveiller les convois de bois formés
en cet endroit et expédiés plusieurs fois par semaine à Saint-Laurent,
ainsi qu'à noter la part du travail fourni par chacun. Sa journée terminée, il doit rentrer dans son carbet pour y répondre à l'appel et
n'en plus sortir, ou tout au moins se tenir à proximité en cas de
contre-appel, toujours possible au cours de la nuit. Là, entre les murs
de feuillage de sa hutte, il peut se livrer aux occupations person-
nelles qui lui plaisent, faire sa cuisine, fumer, lire s'il a des livres,
écrire s'il a des plumes ou du papier et que l'envie lui prenne de les
utiliser. Pourtant cet homme, dont l'existence est moins dure que
celle de beaucoup de ses semblables, trahit dans l'expression morne
de son regard noir le mystère d'une douleur obstinée, et son front
est barré de la ride qui annonce les volontés impénétrables. Maintes
fois déjà il a dans la clarté du soleil sondé l'horizon du fleuve jusqu'à
l'île Portat, qu'on distingue en amont et qui, entièrement défrichée,
étale sous le grand jour ses plantations de caféiers, ses champs de
cannes à sucre, ses prairies artificielles.

Parfois, lassé de se fatiguer la vue, il prête l'oreille comme pour
percevoir un signal lointain, longtemps attendu. Aucun bruit ne se
fait entendre que le piaillement des perroquets volant par bande à la
cime des arbres ou le bourdonnement des insectes sous la feuillée.

Alors, découragé, l'homme d'un pas lent remonte l'avenue et
s'engage sous bois. A quelque cent mètres de la rive, sur les rails
du petit chemin de fer Decauville où glissent sous la traction des
hommes les chariots de défrichement, le relégué aperçoit deux

L'ÉVADÉ DE LA GUYANE

bûcherons, des forçats ceux-là, l'un étendu sur une charrette et à moitié endormi, l'autre adossé à un cacaoyer silvestre et culottant paisiblement une vieille pipe de terre.

Ni l'un ni l'autre ne se dérangèrent à son approche.

« Eh bien! leur cria-t-il, le 32 et le 74? c'est comme cela que vous faites votre besogne? Vous savez cependant que votre équipe a déjà été signalée au rapport de la semaine dernière!... »

Le 74 eut un petit ricanement de pitié et lança dans la broussaille un long jet de salive ; après quoi il répondit :

« Mon vieux Texidor, tu ne voudrais pas qu'on se foule la rate par une chaleur pareille ; moi, le médecin me l'a défendu. Et quant aux rapports, si tu savais ce que je m'en bats l'œil!... »

Le relégué objecta :

« Tu finiras par passer au conseil ! »

L'autre reprit :

« Voyons, sois donc sérieux ! Qu'est-ce que tu veux qu'il me fasse le conseil? Qu'il m'ajoute six mois ou un an de bagne à ceux qui me restent à faire? j'ai vingt ans à tirer, par conséquent ma punition ne commencerait à courir que dans vingt ans. D'ici là il passera des caïmans dans le Maroni. Alors, quoi ! qu'on me mette en cellule? Mais je ne demande que cela ; j'y serai plus à l'ombre que sur le chantier et moins exposé aux piqûres des maringouins. D'ailleurs les cellules sont pleines, et ce n'est pas avec ses trente surveillants et ses sept soldats d'infanterie de marine que l'administration peut se donner le luxe d'un surcroît de gardes-chiourme. Tu n'ignores pas que depuis 1880 l'emploi des châtiments corporels est interdit ; par conséquent, le conseil, je m'asseois dessus. Que je travaille ou non, je n'en toucherai pas moins ma ration de vivres, toujours les mêmes. Aussi, serviteur, je ne marche pas ! j'ai les pieds plats!... »

Réveillé de son assoupissement par le bruit de cette conversation, le 32 la résuma avec philosophie :

« Sûr ! que nous serions bien bêtes de nous donner des ampoules, à cette heure où les paysans de France travaillent pour nous. »

Texidor ne trouvait rien à répondre à cette logique.

Le 74 reprit :

« Ce qu'il y a de tordant, c'est que nous, les forçats, nous sommes rentiers du gouvernement, qui nous nourrit, loge et habille, tandis que vous, les poussins de la correctionnelle, en qualité de relégués, on ne vous assure que le pain et que vous êtes obligés de travailler pour vivre. Ah ! elle est farce, celle-là ! »

Et, secouant sur son ongle la cendre du fourneau de sa pipe, il conclut :

« Sois pas jaloux, mon vieux Texidor..., rengaine ton calepin. »

Le relégué esquissa un geste vague qui signifiait : « Après tout vous avez raison, moi aussi je m'en moque ! » Et il leur tourna le dos pour se rapprocher du port. Aussi bien un coup de sifflet d'une machine à vapeur venait de le faire tressaillir, et c'est à grandes enjambées maintenant qu'il courait vers le fleuve.

Une chaloupe à hélice était accostée au ponton. Un soldat vaguemestre en descendit avec un paquet de journaux et de lettres à destination du propriétaire de l'exploitation Sparvine. Comme il avait également un pli administratif à remettre, contre lequel une signature était exigible, il dut s'acheminer lui-même jusqu'à la maison forestière, course qui pouvait prendre une heure environ. A peine eut-il disparu sous les arbres, qu'un autre homme descendit de l'embarcation. Comme Texidor, celui-là était vêtu de la veste grise des relégués ; mais un mince galon d'argent à sa casquette indiquait qu'il possédait un grade dans l'équipage. C'était, en effet, le mécanicien de la chaloupe du commandant.

A peine à terre, il s'approcha du surveillant des travaux, échangea avec lui quelques paroles banales qui purent être entendues du chauffeur arabe, en train de jeter au Maroni les escarbilles de la

Le relégué aperçut deux bûcherons.

machine, puis proposa à son interlocuteur un bout de promenade en attendant le retour du vaguemestre. Sans hâte, les deux causeurs disparurent derrière un rideau de cocotiers. Mais à peine furent-ils hors de la portée de tout œil indiscret, qu'ils se jetèrent dans les bras l'un de l'autre en s'embrassant avec effusion.

« Mon cher Olivier, dit Texidor, que les heures de cette journée m'ont paru longues ! et quelle crainte j'ai eue qu'un incident imprévu n'eût empêché le départ du courrier !

— Et moi, répondit le relégué Dutemple, crois-tu que les minutes m'aient semblé moins longues, seul camarade, seul ami vrai que j'aie rencontré depuis que ma triste destinée m'a jeté sur les bords de cette Guyane cruelle, où, d'après le verdict de mes concitoyens, je dois vivre et mourir! Mais cela ne sera point, je le jure.

— Chut! plus bas! Quand on veut fuir, la première chose est d'y penser sans cesse, mais de n'en parler jamais.

— Aussi n'est-ce qu'à toi que j'ouvre ainsi mon cœur. Songe donc, vivre des années et des années au milieu de cette lie de malfaiteurs qui n'ont même pas les vertus de leurs vices, qui sont lâches au point de s'espionner et de se dénoncer mutuellement, pour gagner un bon de tabac, une gratification de vin, moins que rien, dont les forts molestent les faibles, dont tous suent l'ignominie à pleine peau. Ah! j'ai bien senti que c'était là le vrai châtiment, va! du jour où, après avoir accompli mes deux ans de réclusion à la prison centrale de Landerneau, je me suis vu embarqué à bord du *Saint-Nazaire* avec tous les bandits vomis par les diverses prisons de France. Certes, je n'ai pas le droit de faire le difficile, car, lorsque j'étais libre de mes fréquentations, je n'ai pas choisi les meilleurs des compagnons. Mais alors les moins honnêtes m'apparaissaient comme des révoltés, comme des loups nés loups et obligés de dévorer les moutons pour satisfaire leurs appétits. Ici, dans cet esclavage de la chiourme, ce ne sont plus que des hyènes qu'un bâton fait trembler. En France, ça sentait le sang; ici on vit dans une atmosphère de pourriture et de décomposition!

— Tu dis vrai : dans un milieu pareil, redevenir un homme digne de ce nom est impossible, et chaque minute écoulée ne fait que m'affermir moi-même dans la volonté de m'évader, au risque de tous les dangers possibles. Nous sommes trop jeunes et trop pleins de volonté pour que notre avenir soit irrémédiablement clos. Espérer ici la réhabilitation serait chimère ; nous traînerions toujours le boulet du passé. Il vaut mieux, coûte que coûte, rompre brusquement avec notre personnalité antérieure et gagner une terre quelconque où nul ne nous connaîtra, où nous pourrons repartir de zéro, sans appui mais sans dette, comme si nous venions brusquement de naître une seconde fois.

— Tes pensées sont les miennes. Fuir ! renaître ! Quand on songe que ce Maroni est le seul obstacle qui nous sépare de la Guyane hollandaise, c'est-à-dire de la liberté, on se demande si en établissant son pénitencier sur ces bords, la France n'a pas voulu faire comprendre à ses déportés qu'elle les invitait à prendre le large.

— Tu oublies la forêt vierge avec ses fièvres, ses carnassiers et ses reptiles ; la forêt vierge, plus difficile à traverser que le désert de sable, et où tant de désespérés comme nous ont déjà trouvé la mort avant d'arriver à Surinam ou à Georgetown.

— C'est vrai, elle est longue la liste de ceux qui ont déjà péri misérablement ou échoué dans des entreprises semblables. Le soir, quand mon service est terminé, je vais chez Daniel, l'épicier-liquoriste de Saint-Laurent, dans l'arrière-boutique duquel les libérés se rassemblent soit pour y jouer clandestinement l'argent de leur paye, soit pour s'y livrer à l'ivrognerie, hors des regards de la police militaire, et là je me fais conter par les anciens les péripéties des évasions restées célèbres. Celles qui ont réussi on n'en parle guère, car on en ignore les détails, mais celles qui ont échoué ! Hélas ! quelles lugubres légendes ! J'y puise un enseignement pratique. Je tâche de me rendre compte des points faibles de chaque complot, des imprudences qui eussent pu être évitées.

— Comment peux-tu t'absenter ainsi le soir ?

— D'abord entre l'appel et le contre-appel ; puis, en ma qualité de mécanicien du commandant, je jouis de certains privilèges : on m'accorde plus aisément qu'à un autre des heures de repos à passer où bon me semble, puisqu'il faut que je sois toujours frais et dispos pour mon service. Comme, d'autre part, je suis bien noté, n'ayant encouru aucune punition depuis mon arrivée au pénitencier, il arrive que le commandant m'emploie à certains petits travaux intérieurs chez lui et m'en récompense par de menues faveurs. Malheureusement, je n'ai pu encore pénétrer et séjourner dans son cabinet en son absence.

— Pourquoi *malheureusement?*

— Parce que là, sur le mur, est établie derrière le bureau une carte des trois Guyanes, la meilleure de celles qui aient été dressées depuis l'occupation française. Oh ! pouvoir calquer sur cette carte le carré qui sépare Saint-Laurent de Paramaraïbo, capitale de la Guyane hollandaise; puis la région qui va de Paramaraïbo à Démérara, dans la Guyane anglaise, quelle obsession ! Ce relevé un jour peut être le salut pour nous. Aucun des évadés dont j'ai entendu parler ne s'est précautionné d'un pareil talisman. Ils fuient comme des lièvres abandonnant leur gîte, se dirigeant au jugé, se fiant sur la position du soleil en plein jour, sur celle de l'éblouissante lune équatoriale pendant la nuit, et ils multiplient inconsidérément les kilomètres, se perdent dans le réseau des rivières et des criques, et finalement vont aboutir, — j'entends ceux qui ne sont pas morts en route, — à quelque centre européen où les autorités légales les cueillent et les réexpédient par le plus prochain courrier au pénitencier de Saint-Jean, district de Saint-Laurent. Quelle ne doit pas être leur rage, se croire arrivés au but et se retrouver dans les fers ! Je crois que si pareille déception m'attendait, ce serait la dernière!... Je n'y survivrais pas.

— Selon toi, ces extraditions sont fréquentes ?

— Constantes, au moins en ce qui concerne la Guyane hollandaise et le Brésil. C'est pourquoi on ne doit considérer Surinam que comme une étape ; tant qu'on ne parvient pas chez les Anglais, on ne peut se croire en sûreté. Chez ces derniers, la population blanche des travailleurs est assez dense pour qu'on puisse y trouver du travail et y passer inaperçu. Et puis, comme la pénétration des forçats français n'y constitue pas un danger permanent, on n'y regarde pas de si près. Mais il faut arriver jusque-là, et sans carte ce serait un espoir chimérique.

— Quels sont les derniers forçats réintégrés de force au pénitencier ?

— Le plus hardi est celui qui s'évada il y a un an des îles du Salut, de l'île Royale, pour préciser, dans une barrique vide abandonnée sur la plage. Favorisé par une mer exceptionnelle, il put faire je ne sais combien de milles sans lâcher son bachot, encore qu'il y ait chaviré maintes fois ; mais les requins lui furent cléments. Il remontait dans le tonneau défoncé, écopait l'excédent d'eau qu'il embarquait et se laissait porter par le courant. Il arriva ainsi à demi mort de fatigue et de soif à Sinnamary, juste pour tomber entre les bras d'un agent qui le renvoya, en chaloupe cette fois, à l'île Royale, où il fut mis en cellule.

« Pareille mésaventure est arrivée à celui de nos compagnons de misère qui imagina de transformer en canot le cercueil banal, commun à tous, qui sert à ces mêmes îles du Salut pour faire les inhumations en pleine mer. Nous n'avons jamais été conduits par là nous autres, puisque nous ne sommes que des relégués. Mais je me suis fait donner des explications par d'anciens forçats, aujourd'hui libérés conditionnels. Il paraît que lorsque l'administration décida d'installer à l'île Royale le centre de ses établissements, elle la fit entièrement déboiser et y

4

construisit la maison du commandant, celles des surveillants, des baraquements pour les condamnés, des magasins et des ateliers, une église, que sais-je encore! Quand ces divers travaux furent achevés, on s'aperçut qu'il ne restait plus de place pour le cimetière. Qu'importait? L'océan n'était-il pas là? Donc, depuis lors, quand un détenu meurt, on coud son corps dans une toile à voiles lestée de quelques pierres, et on le dépose dans un cercueil omnibus, toujours entr'ouvert sous la voûte de la chapelle. Une barque vient à la plage prendre la bière et la transporter à quelques encablures du rivage. Pendant ce temps la cloche de la petite église ne cesse de tinter, et à cet appel lugubre qu'ils connaissent de longue date, des centaines de requins accourent en bandes et cernent l'embarcation. Les surveillants chavirent le cercueil, le corps tombe à l'eau; il n'a jamais le loisir d'arriver au fond. Il est happé, déchiqueté par la dent des squales; les flots se tintent d'une tache rouge. C'est tout! La dernière vibration de la cloche meurt dans la brise. De ce chrétien on ne parlera plus jamais.

« Tu penses qu'on n'avait à aucune époque songé à mettre le cercueil sous clef. Celui qui s'en empara pour en faire un esquif avait certes l'âme peu superstitieuse. Il n'alla pas bien loin du reste, capturé par la chaloupe de garde quelques heures après son départ.

« Une évasion qui aurait eu certainement des chances de succès est celle qui fut accomplie, toujours à l'île Royale, par les six détenus qui se rendirent maîtres par surprise de la baleinière chargée de la poste pour le bagne. Ceux-là avaient des vivres à bord et parvinrent à Demérara sans encombre. Mais les autorités anglaises les capturèrent au débarqué et les renvoyèrent sous bonne garde à leur point de départ.

« Tu remarqueras toutefois que ces projets manqués s'exécutaient aux îles du Salut, c'est-à-dire en face de Kourou, au centre du littoral français. Ici nous sommes sur la lisière de la frontière étrangère et n'avons qu'un fleuve à traverser. Donc, si nous ne sommes point entravés par les nègres Bonis, qui s'emparent des fugitifs pour toucher la prime qu'on leur accorde en pareil cas : si nous pouvons mettre quelques journées de marche en forêt entre nous et le Maroni, le plus difficile est fait.

— Crois-tu qu'il ne serait pas plus pratique, au lieu de suivre cette route classique des fuyards, de nous enfoncer directement dans les terres en tournant le dos à la mer et en remontant un des affluents du Maroni ?

— Ce serait folie, car alors nous prendrions un chemin qui ne mène à rien ; ce serait vouloir percer dans sa plus grande largeur la forêt vierge, dont nul ne connaît l'épaisseur, pas même les explorateurs ; car j'ai entendu dire qu'un seul d'entre eux, Crevaux, a gagné par là le Brésil. Encore est-il mort assassiné dans une expédition ultérieure. Là où des voyageurs bien armés, bien outillés, pourvus de vivres et de médicaments en abondance, échouent, comment pourrions-nous espérer réussir? D'ailleurs d'autres l'ont tenté, et on sait ce qu'il en est advenu. Tu n'as jamais entendu parler des forçats anthropophages ?

— Non.

— L'autre soir Daniel me dit :

« — Tiens, Dutemple, votre case est juste à côté de celle qu'habita si longtemps ce pauvre diable de Raisséguier.

« — Qui cela Raisséguier?

« — L'ancien bourreau de la colonie, celui qui a été gracié après l'affaire des anthropophages. Je vais vous faire lire son histoire, si cela vous amuse, pendant que vous prendrez votre café. »

« Et il alla chercher, dans un tiroir de son comptoir, une brochure graisseuse dans laquelle je lus ce que je vais te redire, l'ayant retenu presque mot pour mot.

« Huit forçats s'évadèrent du pénitencier de la Comté, le 16 décembre 1855, et six autres le 29 du même mois.

« La première bande, remontant le cours de la Comté, s'avança dans l'intérieur. Brisés par plusieurs jours de marches forcées, par les privations de toutes sortes, deux des fugitifs étaient restés en arrière, se demandant s'il ne valait pas mieux rentrer au pénitencier et subir le châtiment habituel que de persister dans une tentative rendue impraticable par le manque de provisions.

« Ils en étaient là de leurs réflexions, quand un des hommes de l'avant-garde apparut, haletant, épouvanté, et leur annonça que trois des évadés venaient d'assassiner un de leurs compagnons ; il avait vu égorger ce malheureux, le dépecer ; les lambeaux saignants de la victime avaient été triés, les uns pour être mangés, les autres pour être enfouis.

« Après ce récit il demanda à ses auditeurs terrifiés de se joindre à lui et de faire cause commune contre les cannibales. Mais quand ces monstres arrivèrent, telle était l'influence qu'ils exerçaient sur leurs compagnons, que ceux-ci non seulement les aidèrent dans leurs préparatifs, mais encore prirent part à leur épouvantable festin.

« La nuit ils s'enfuirent ; deux d'entre eux parvinrent au pénitencier, pour raconter le fait dont ils avaient été témoins ; le troisième disparut, on ne sut jamais ce qu'il était devenu.

« Les six évadés du 29 décembre, trouvant la piste de la première bande, se mirent à sa recherche et la rejoignirent, le 4 janvier 1856, près des sources de la Comté. A leur tête se trouvait un nommé Raisséguier, qui remplissait au pénitencier l'office de bourreau, homme

Il est happé, déchiqueté par la dent des squales.

d'une énergie et d'une vigueur peu communes. Ses compagnons étaient deux Français et trois Arabes.

« Aussitôt réunis, les hommes de la première bande proposèrent à Raisséguier de s'entendre avec eux pour tuer et manger les trois Arabes. A cette proposition, l'ancien justicier bondit d'indignation et déclara que, loin de prêter son concours à une action aussi monstrueuse, il défendrait ses camarades au péril de sa vie.

« Malheureusement les deux Français goûtaient fort l'horrible proposition de leurs nouveaux compagnons, et la mort de Raisséguier fut décidée d'un commun accord.

« A dix heures du soir, pendant son sommeil, il est attaqué, reçoit un coup de couteau à la gorge, un coup de sabre à la tête, et un coup de bâton lui brise le bras.

« Réunissant tout ce qui lui reste de force, il renverse les assassins qui l'étreignent et prend la fuite.

« La nuit était noire; Raisséguier, courant droit devant lui, roule au fond d'un ravin profond; cette chute le dérobe aux recherches de ses ennemis lancés à sa poursuite.

« Le lendemain à l'aube, il se traîne au bord de la rivière et voit s'avancer dans le courant un de ces amas flottants d'arbres, de branches et de lianes, que les cours d'eau conduisent périodiquement à l'océan. S'aidant du bras resté valide, il se hisse sur un arbre à demi déraciné et de là se laisse choir sur le radeau, qui, suivant sa route, le conduit dans la soirée à l'habitation Bellam. Là on le ranime, on lui donne les premiers soins, puis on le ramène au pénitencier.

« Grâce aux indications de Raisséguier, les troupes envoyées à la poursuite des cannibales les arrêtèrent au moment où ils dévoraient un de leurs camarades. Ils avaient fait griller la langue, le foie, les chairs des deux jambes et des deux bras de leur victime.

« De ces quatorze évadés deux ont été mangés et deux ont disparu. Les trois principaux coupables ont été exécutés au pénitencier Sainte-Marie; les autres ont été condamnés à diverses peines.

« Prenant en considération le courage et l'énergie dont Raisséguier avait fait preuve, l'administration lui fit remise de la peine qu'il avait encourue... »

Un silence suivit les paroles qu'Olivier Dutemple venait de prononcer sur un ton de récitation, comme si par un effort de mémoire il avait lu une seconde fois la brochure graisseuse du cabaretier Daniel. Maintenant les deux hommes se promenaient côte à côte, la tête baissée, la pensée perdue dans des visions lointaines et terrifiantes.

Ce fut Texidor qui, le premier, reprit possession de lui-même.

« A quoi bon, dit-il, nous assombrir l'imagination de tous ces racontars déjà anciens, et qu'avons-nous de commun avec ces sinistres brutes incapables de trouver dans la forêt, où la vie pullule sous toutes les feuilles, d'autre proie que leurs propres compagnons? D'ailleurs, notre résolution est bien prise, n'est-ce pas? nous fuirons ! La certitude de la mort ne me ferait pas, en ce qui me concerne, dévier de mon projet. Par conséquent, si tu te sens capable d'une défaillance quelle qu'elle soit, parle, Olivier, il en est temps encore : je m'évaderai seul ou je chercherai d'autres camarades plus décidés.

— Ami, tu me connais mal. Ma volonté est peut-être encore plus inébranlable que la tienne, mais j'entends mettre toutes les bonnes chances de notre côté, et pour cela ne partir que lorsque mon plan sera suffisamment mûri. Déjà j'ai reconnu certaines nécessités qui tout d'abord ne me semblaient pas aussi impérieuses

— Lesquelles ?

— En premier lieu, celle de former en forêt une petite troupe
assez nombreuse pour pouvoir résister aux surprises des fauves et
des hommes. Je sais ce que tu vas m'objecter : Plus nous aurons de
complices plus nous pourrons craindre de trahisons et de divergences

Texidor mit sa main dans celle d'Olivier.

de volontés; mais à cela il y a remède, on peut choisir un chef qui
dès notre départ sera seul maître de la route et dont on s'engagera
sous serment à suivre aveuglément les ordres. Je ne pense pas d'ailleurs que ce chef puisse être un autre que toi ou moi.

— Ce sera toi, Olivier; je ne sais si mon courage surpassera le
tien, car il n'y a pas deux manières d'être courageux, mais je con-
viens que tu es plus réfléchi et plus instruit. Tu seras la tête.

— Soit! je sais aussi ce que cet honneur, si honneur il y a, m'impose d'obligations et de devoirs envers mes compagnons. Tu verras que je saurai les remplir.

— Et combien crois-tu qu'il nous faille d'associés?

— Trois au moins; nous devons être cinq. Davantage ce serait nous exposer à l'indiscipline; au-dessous de ce chiffre, nous n'aurions pas le contingent nécessaire. Songe que la nuit il faudra toujours un homme de garde pour veiller au feu, pour signaler les bruits suspects; que la fièvre rendra couramment indisponible un ou deux d'entre nous; qu'un accident peut nécessiter jusqu'à la mobilisation de deux camarades pour le transport du malade ou du blessé. Enfin il y a les chances de mort; je les envisage froidement. Partis cinq, si nous arrivons trois au but, la proportion sera belle.

— Où trouverons-nous trois affiliés assez sûrs pour leur confier nos intentions?

— Des confidences!... il faut bien s'en garder. Trois mois nous séparent encore de la saison sèche, avant laquelle nous ne saurions songer à nous mettre en route; d'ici là des indiscrétions seraient fatalement commises. Il suffit de choisir du mieux que nous pourrons ceux des relégués ou des « bagnards » qui nous paraissent propres à nous seconder et de les prévenir seulement quelques jours à l'avance. Tout le monde ayant plus ou moins le désir de fuir, nous ne risquons guère de nous heurter à un refus quand nous présenterons un plan tout préparé et ayant de sérieuses chances de réussite. Je pense que c'est sur le chantier Sparvine que nous pouvons trouver nos associés, car les détenus employés aux travaux de débroussaillement sont déjà aguerris contre les maladies de la forêt. Je te laisse donc le soin de faire l'enquête nécessaire. Il est un autre point sur lequel j'appelle tout particulièrement ton attention. Forcément, à un moment ou à l'autre, nous nous trouverons en présence des nègres ou des Indiens.

Il faut que nous puissions communiquer avec eux autrement que par
gestes. Déjà j'ai appris assez de mots du dialecte boni pour être sûr de
me faire comprendre des nègres; mais il descend peu de Galibis
jusqu'à Saint-Laurent, tandis qu'ici ou un peu plus haut, au saut
Hermina, vous en voyez quelques-uns venir dans leur pirogue chercher
des objets d'échange. Je ne t'en dis pas davantage.

— Oui, je mettrai ce voisinage à profit.

— Et maintenant les minutes nous sont comptées : le vaguemestre
va revenir de la maison forestière et nous séparer. Texidor, écoute-
moi bien! Qui es-tu, qu'as-tu été jusqu'à ce jour? Je ne le sais pas
et ne veux pas le savoir. D'un commun accord, quand nous nous
sommes connus et que nous avons ressenti l'un pour l'autre cette
sympathie mutuelle si vite changée en amitié profonde, nous avons
fait le silence sur les événements qui nous conduisirent à la Guyane.
Récriminer contre le sort, chercher à nous blanchir ou à atténuer
nos fautes, nous semblait une satisfaction de cœur faible. Nos fautes,
nous avons préféré les tenir cachées, et nous avons bien fait. Le
passé est mort, nos lèvres ne s'efforceront jamais de le faire revivre.
Nous sentons que nous avons besoin de nous estimer et que nous ne
le pourrions peut-être plus si chacun de nous n'avait pas de secret
l'un pour l'autre. Mais puisque nous allons creuser un fossé profond
entre hier et demain, puisque nous mettons notre misérable vie en
enjeu pour le gain d'une nouvelle personnalité, pouvons-nous croire
qu'un si grand sacrifice n'est fait qu'en vue de redevenir des épaves
de la société? »

Texidor mit sa main dans celle d'Olivier, et le regardant bien en
face :

« Non, lui dit-il, je le jure! »

Dutemple répondit :

« Merci! je m'en doutais, mais cette assurance tout de même me rend plus fort. »

Un bruit de feuilles foulées aux pieds annonçait l'approche du soldat. Les deux déportés regagnèrent la route, leur regard s'éteignit, et ils se séparèrent avec une indifférence affectée. En se détachant du ponton, le sifflet de la chaloupe à vapeur jeta dans l'air un appel strident, comme un claironnement de défi et d'audace, tandis que dans l'atmosphère immobile son panache de fumée traçait au ciel un sillage rigide. Mais quand là-bas, au détour de l'île Portal, l'embarcation devenue toute petite siffla de nouveau dans l'éloignement, il sembla à Texidor, les bras croisés sur la rive, que l'airain jetait maintenant un cri de détresse, comme le gémissement plaintif d'un être blessé.

CHAPITRE II

Chez le commandant du pénitencier de Saint-Jean du Maroni, il y avait ce soir-là réception en l'honneur d'un Français de France, chargé de mission par le ministère de l'instruction publique, et qui, disait-on, devait écrire un ouvrage de vulgarisation sur la Guyane française. M. Vidal arrivait précédé de toutes les recommandations officielles possibles, et le gouverneur l'avait fait conduire de Cayenne à Saint-Jean à bord d'un vapeur de l'État. Pour traiter dignement un pareil hôte, M⁰ᵉ Mazurier, femme du commandant du pénitencier, avait mis les petits plats dans les grands et sorti de sa cave ses vins les plus généreux. Sa cuisinière, une ancienne déportée condamnée pour infanticide, mais qui depuis de longues années avait accompli sa peine et travaillait librement, léguée par chaque commandant à son successeur comme un cordon bleu des plus appréciables, vint dire à la maîtresse de la maison :

« Je ne sais si madame a réfléchi que nous serons obligés ce soir

de tenir dans l'office une réserve assez considérable de bouteilles de
valeur ; il serait imprudent d'en confier la libre disposition aux domestiques habituels. Et puis nous n'avons pas de maître d'hôtel, il faudrait trouver, pour la circonstance, quelqu'un qui sût proprement
servir à table, puis verser du vin sans faire de taches sur la nappe,
et surtout fût capable de résister au désir d'aller dans le corridor vider
le fond des bouteilles.

— Vous avez parfaitement raison, Mariette ; je vais en parler
tout de suite à mon mari.

— Diable ! répondit le commandant à Mme Mazurier quand celle-ci
lui posa la question, trouver un auxiliaire sobre, convenable et honnête,
ça n'est pas commode. Mais, j'y songe, est-ce qu'on ne pourrait pas
demander à ce garçon qui est mécanicien de ma chaloupe à vapeur,
et porte quelquefois mes lettres en ville, de se charger de cette mission
de confiance ? Je suis à peu près sûr qu'il ne se grisera pas ; car depuis
un an qu'il est au Maroni, je ne l'ai point vu ivre une seule fois. »

Voici à la suite de quelles circonstances Olivier Dutemple, débar-
rassé de sa veste grise et tenant à la main deux flacons poudreux,
s'approchait sur les huit heures du soir de chaque convive, et lui
murmurait à l'oreille d'une voix discrète :

« Sauterne ou Chablis ? »

Les officiers du bateau de l'État faisaient surtout honneur au
menu. Monsieur le chargé de mission s'intéressait plus particulièrement aux mets exotiques, au grand regret de Mme Mazurier, qui
avait pour la circonstance fait ouvrir ses meilleures boîtes de conserves
de chez Potel et Chabot.

Après quelques menues réflexions sur les lourdeurs de la tempé-
rature, l'inconvénient des moustiques et des maringouins, la conversation inclina vite aux choses coloniales.

M. Vidal prenait son rôle au sérieux et interviewait sans pitié. Beaucoup de ses interlocuteurs eussent préféré discuter la dernière pièce en vogue sur le boulevard ou le roman à la mode; mais comme, somme toute, chacun d'eux pouvait à son rang faire preuve de ses connaissances spéciales, l'amour-propre individuel y trouvait son compte.

« Certes, disait M. Mazurier, si vous pouvez, monsieur, par vos écrits contribuer à rendre un peu de vitalité à cette malheureuse Guyane, dont les destinées sont si misérables depuis trois siècles, vous aurez rendu un fier service à la mère patrie.

— Il est inouï, en effet, répondit M. Vidal, qu'avec les incroyables richesses forestières dont vous disposez, avec un sol qui, dans les basses terres, se prête à toutes les cultures rémunératrices, la Guyane française ne soit encore parvenue qu'à un chiffre d'exportation à peu près nul. L'exemple de la Guyane anglaise, votre voisine, en plein essor de prospérité, devrait cependant vous piquer au jeu.

— Que voulez-vous! ce pays a toujours été la terre des chimères et des illusions! Cela a commencé par la fable de l'Eldorado, et de nos jours cela se continue par la légende des placers qui ont enlevé à l'agriculture le peu de bras dont elle disposait, et accumulé des détresses réelles en échange de quelques fortunes qui n'ont même pas profité à ceux auxquels le hasard les avait départies. Je ne dis pas qu'il n'y ait pas de pépites dans les contreforts des monts Tumuc-Humac, mais je dis qu'en désertant pour elles le riz, le thé, le cacao, le café, nos compatriotes actuellement lâchent la proie pour l'ombre.

— C'est donc bien dans notre Guyane qu'aurait été situé ce fameux Eldorado qui a laissé son nom à tant de cafés-concerts.

— Ce serait plutôt dans le Contesté franco-brésilien. Vous con-

naissez l'histoire? Un lieutenant de Pizarre, Orellana, prétendit un
jour qu'il avait découvert entre l'Amazone et l'Orénoque, sur un
vaste fleuve qui, d'après ses descriptions, semblerait être l'Oyapock,
un pays qui contenait, à son dire, des quantités d'or fantastiques. La
réalité, au temps des conquistadores, était assez troublante pour que
la critique ne pût point séparer facilement le vrai du faux. D'ailleurs
les racontars d'Orellana semblaient ingénieusement combinés; selon
lui, après la chute de l'empire des Incas, un descendant de cette
royale famille se serait enfui dans les terres avec ses richesses per-
sonnelles et aurait fondé une capitale, appelée Manore, dans un site
plus riche lui-même en minéraux précieux que ne pouvaient l'être
le Brésil ou le Pérou.

« Manore était située entre trois montagnes : l'une d'or, l'autre
d'argent, l'autre de sel. Ce qu'il y a d'admirable, c'est qu'un second
Espagnol, nommé Martinez, et qui ne paraît point s'être entendu
avec Orellana, affirma peu de temps après avoir résidé à Manore et
y avoir constaté la présence de plus de sept mille ouvriers dans la
seule rue des Orfèvres. A l'appui de ses dires il présentait une carte
de la contrée. Enfin le pays mystérieux trouva son historien en la
personne d'Oviedo, qui décrivit le palais de l'empereur d'après des
« témoins oculaires ». Cet édifice était supporté par de magnifiques
colonnes de porphyre et d'albâtre, symétriquement alignées, et entou-
rées de galeries construites de bois d'ébène et de cèdre, incrustées de
pierreries.

« Situé au centre d'une île verdoyante et se réfléchissant dans un
lac d'une transparence indescriptible, ce palais était construit en
marbre d'une blancheur éclatante; deux tours en gardaient l'entrée,
appuyées chacune contre une colonne de vingt-cinq pieds de hauteur,
dont les chapiteaux supportaient d'immenses lunes d'argent. Deux

lions vivants étaient attachés aux fûts par des chaînes d'or massif. On pénétrait de là dans une grande cour quadrangulaire, ornée de riches fontaines avec des vasques d'argent, d'où l'eau jaillissait par quatre tuyaux d'or. Une petite porte de cuivre, incrustée dans le roc, cachait l'intérieur du palais, dont la richesse défiait toute description. Un vaste autel d'argent supportait un immense soleil d'or, devant lequel quatre lampes brûlaient perpétuellement leur huile parfumée.

« Le maître de toutes ces magnificences était appelé El-Dorado, *le Doré,* à cause de la splendeur extravagante de son costume ; son corps nu était chaque matin oint d'une gomme précieuse, puis enduit de poussière d'or, jusqu'à ce qu'il présentât l'apparence d'une statue d'or.

« Oviedo ajoute gravement : « Comme cette sorte de vêtement « doit lui être fort incommode pour dormir, le prince se lave le soir « et se fait redorer le matin, ce qui prouve que dans l'empire de « l'El-Dorado l'or est chose des plus communes. »

— Oviedo, interrompit le médecin du bord, se condamne lui-même. Si l'or, sur l'Oyapock, avait été aussi vulgaire, le souverain n'aurait pas songé à s'en faire un veston tous les matins ; mais ces légendes n'en sont pas moins bien curieuses et bien bizarres. S'il est vrai qu'il n'y a pas de fumée sans feu, à quoi peut-on bien attribuer ces contes de fées ?

— En ce qui concerne le saupoudrage du monarque, peut-être a-t-on mis à profit un ressouvenir des costumes de certains prêtres indiens qui, effectivement, s'enduisaient les mains de graisse et les trempaient dans de la poudre d'or avant de consommer les sacrifices dus à leurs dieux.

« Plus probablement on s'est inspiré de l'usage rapporté plus tard par Humboldt, lequel affirme que les Indiens des Guyanes

5

s'enduisaient le corps d'une poudre de mica, qui les faisait paraître très brillants. Quant à l'opulence du pays en lui-même, il est très possible que les régions à l'est de l'Oyapock soient fort riches en mines d'or, et il n'y a qu'à voir avec quel empressement les aventuriers de toute espèce se précipitent tous les jours dans le Contesté franco-brésilien, où nulle loi de la France ou du Brésil ne peuvent les atteindre, pour être sûr que tous ces chercheurs d'or flairent les traces de l'El-Dorado défunt.

— Mais, observa M. Vidal, vous disiez tout à l'heure qu'il y a bien d'autres trésors à exploiter en Guyane que la roche aurifère. Comment expliquez-vous que les cultures, par exemple, y soient si peu avancées?

— Cela tient sans doute aux vicissitudes politiques et aux changements perpétuels de direction subis par ce malheureux pays. Voulez-vous me permettre de vous les rappeler pendant que l'on nous découpe le rôti?

« Vous savez que les premières tentatives de colonisation de ce qu'on appelait alors la France équinoxiale datent du règne d'Henri IV. Des aventuriers, attirés par la réputation de richesse de l'Amérique du sud, vinrent de chez nous ici en petites bandes. Mais, en présence du mystère de la forêt vierge, ils s'arrêtaient volontiers déconcertés, et restaient sur le littoral. Comme il fallait vivre, et qu'aucun d'eux n'était agriculteur, on pillait de son mieux les Indiens, qui, se réunissant contre ces poignées clairsemées d'envahisseurs, en avaient vite raison. Cette période est marquée par le nom de La Ravardière, capitaine des armées d'Henri IV, qui s'installa le premier dans l'île de Cayenne et y fut massacré avec ses quelques camarades en 1604.

« Ensuite des marchands de Rouen pensèrent qu'ils réussiraient peut-être là où des soudards indisciplinés avaient échoué. Ils équipèrent plusieurs expéditions, dont la plus célèbre fut commandée par un nommé Poncet, lequel débuta assez bien dans sa mission. Au lieu de cogner sur les indigènes dès la première entrevue, il acheta à un chef caraïbe, nommé Céperon, la montagne qui porte encore ce nom. Cela lui coûta quelques foulards et une demi-douzaine de miroirs de poche. Non loin de là il fonda le village appelé Cayenne, du nom d'un autre Galibi aussi peu ambitieux pour le payement de son territoire. Malheureusement l'ivresse du pouvoir absolu ne tarda pas à tourner la tête à Poncet. Il voulut jouer au satrape, au justicier, tortura les Galibis et ses propres compagnons, qui se débarrassèrent de lui par un assassinat. Eux-mêmes ayant continué les tristes errements de leurs chefs envers les indigènes, ceux-ci à leur tour se délivrèrent de ces Français inhumains, dont pas un ne survécut.

« Une nouvelle compagnie, dite de la France équinoxiale et fondée cette fois par des seigneurs, organisa peu de temps après, à Paris, une troupe armée de huit cents hommes à destination de la Guyane. Avant d'être débarqués, les douze seigneurs qui la composaient s'étaient brouillés à mort, et quelques-uns avaient été massacrés en pleine mer. Les huit cents hommes, dont, entre parenthèses, douze seulement étaient cultivateurs, périrent par la famine, entretenue aux portes de leur camp par les Caraïbes. Quelques débris de cette troupe réussirent à s'enfuir jusqu'à Surinam, déjà prospère à cette époque, c'est-à-dire au milieu du XVIIe siècle.

« Nous arrivons enfin à Colbert, qui, le premier, réussit à fonder ici quelque chose de sérieux. Il avait su intéresser dans l'affaire des capitalistes, réunis sous le nom de « Compagnie royale des Indes occidentales », et quoique le chef préposé aux destinées de la colonie naissante, le chevalier de la Barre, fût un assez triste sire, telle était la netteté des plans du génial ministre de Louis XIV, que des résul-

tats remarquables furent vite acquis. Colbert s'était proposé un triple
but : faire explorer les côtes et l'intérieur, peupler la Guyane par
l'immigration et la faire défricher sur toute l'étendue possible. Comme
explorateurs, il employa des Jésuites, auxquels on laissait toute lati-
tude de catéchiser les Galibis, pourvu qu'ils rapportassent des plans,
des cartes et des notes. En rémunération de leurs travaux, on leur
donnait de vastes concessions terriennes et certains privilèges com-
merciaux.

« Les PP. Grillet et Béchamel furent les premiers géographes de
ces contrées, les prédécesseurs les plus authentiques des Crevaux et
des Coudreau. Ils perdirent d'ailleurs leur vie à ce rude métier; mais
leur ordre bénéficia de leur dévouement, et à quelque temps de
là les Jésuites employaient sur leurs plantations jusqu'à cinquante
mille aborigènes. Époque de prospérité préhistorique, où es-tu?

« Nous voici au traité d'Utrecht, qui assigne aux Portugais,
comme frontière de notre Guyane, le fleuve Vincent-Pinçon, sur
l'identité duquel on est mal fixé aujourd'hui, d'où les controverses
relatives au Contesté franco-brésilien. Toujours est-il qu'en 1766 la
colonie produisait dix fois plus qu'aujourd'hui et qu'on comptait plus
de cent mille Indiens dans nos fiefs.

« Une fatale idée de Louis XV détraqua toute cette organisation.
Un beau jour il s'avisa de faire cadeau de la Guyane à Choiseul,
pour que celui-ci la partageât en apanages aux cadets de sa famille.
Le chevalier Turgot, mis à la tête de l'affaire, ramassa en Alsace et
en Lorraine douze mille reîtres licenciés des armées, et organisa avec
eux l'expédition mirifique dite de Kourou. Débarqués sans vivres,
sans vêtements, sans instruments agricoles, ces malheureux furent
décimés par le typhus. Les malades étaient internés aux îles du Salut,
qui leur durent, depuis cette époque, leur appellation ironique, et

Son corps nu était, chaque matin, oint d'une gomme précieuse.

y crevaient comme des mouches, tandis que nos compatriotes péris-
saient de faim, en face, sur la côte. Ce désastre eut un long reten-
tissement en France, et c'est depuis lors que la Guyane y a la réputation d'une contrée inhabitable.

« Sous Louis XVI, le pays faillit se relever grâce à l'administration de Malouet. Cet homme aux larges vues et à l'intelligence indiscutable avait projeté la mise en valeur des basses terres au moyen de
grandes cultures. Ces vastes exploitations nécessitent des armées de
travailleurs, et Malouet fut contrecarré dans son œuvre par le premier
affranchissement des noirs que proclama la Révolution. Dès que le
décret d'émancipation fut promulgué dans la colonie, en 1794, treize
mille noirs prirent la clef des champs et allèrent vivre à l'africaine,
sous bois, non sans avoir saccagé quelques plantations et assassiné
quelques planteurs.

« En 1802, l'esclavage fut rétabli; mais bien peu des anciens
serviteurs revinrent prendre leur tâche. D'ailleurs, le général Hugues,
autorisé par le premier consul, avait transformé Cayenne en un nid
de pirates, qui, en fin de compte, tomba au pouvoir des Portugais.
La Guyane ne nous fut rendue qu'en 1817, et elle se repeuplait péniblement de travailleurs, grâce à la traite, lorsque la révolution de
1848 proclama une seconde fois l'émancipation des nègres et ruina
définitivement les entreprises agricoles alors existantes.

« Depuis lors, faute de bras, les plantations n'existent plus; le
Français ne peut guère travailler assidûment sous le climat tropical,
et la main-d'œuvre pénitentiaire n'a donné que des résultats néga-
tifs.

« Après 1870 nous avons, il est vrai, importé quelques coolies
hindous, qui s'acclimataient tant bien que mal. L'Angleterre, jalouse
des résultats que nous espérions du concours de ces auxiliaires,

a interdit l'exode de ses sujets des Indes orientales. Depuis 1880, on a essayé également de diriger sur la Guyane quelques convois d'Annamites, et vous en verrez quelques-uns employés çà et là. Cette tentative n'a pas dit son dernier mot. Enfin je mentionne, pour ne rien oublier, l'arrivée volontaire d'un certain nombre de Chinois. Mais ces fils du Ciel dédaignent l'agriculture et ne sont aptes qu'au commerce. Une partie d'entre eux exploite déjà les meilleures boutiques de Cayenne.

— Vous pourriez ajouter, conclut le commandant du vapeur en se servant pour la seconde fois une large tranche de pécari rôti, que l'immigration française, en dehors de messieurs les forçats, est absolument nulle. La France n'envoie ici que des fonctionnaires, lesquels, du moment de leur arrivée, effacent avec un crayon sur le calendrier les jours qui les séparent de leur premier congé. C'est une affaire de trois ans au maximum, de deux ans et demi pour les débrouillards. Après, on va faire une saison à Vichy, et on file pour Tahiti ou le Tonkin, histoire de changer d'air. »

Un rire d'acquiescement général souligna ces paroles et montra qu'aucun des convives n'avait envie de s'inscrire en faux contre l'avis de l'officier de marine.

« Mais, observa M. Vidal, dans votre exposé si précis de l'histoire de la Guyane française, vous ne nous avez pas dit quelles sont les races indigènes actuellement disponibles, et pourquoi on ne peut faire appel à leur concours pour la colonisation.

— Je comblerai volontiers cette lacune, cher monsieur. Nous avons actuellement sur notre territoire des nègres marrons appelés Bosch ou Bonis, descendants des esclaves déserteurs de la colonie hollandaise, et un certain nombre de peuplades indiennes, clairsemées dans l'intérieur, et qui sont les Caraïbes ou Galibis, parmi lesquels on distingue les Roucouyennes, les Oyampis, les Carbougres, les Émérillons, les Poligoudoux, et les Arrowaks de l'autre côté du Maroni. A demi nomades, en ce sens qu'ils transfèrent leurs carbets d'abatis en abatis, au gré de leur superstition ou de leur fantaisie, ces tribus, vivant de chasse et de pêche, sont peu susceptibles d'être astreintes à un travail régulier de culture. De plus, les rapports que nous avons entretenus dans le passé avec elles, et qui ont consisté surtout dans un échange de coups de fusils et de coups de flèches, les ont rendues peu désireuses d'entretenir avec nous des relations amicales. Le mieux que nous puissions exiger d'elles est un état de neutralité pacifique et une docilité suffisante pour rétrograder devant l'envahissement de nos colons. D'ailleurs ces tribus sont dans un état de décadence indiscutable et qu'on ne peut comparer qu'à celui des Peaux-Rouges des États-Unis.

« Au siècle dernier, on nous affirme qu'il se trouvait plus de cent mille Galibis dans la Guyane française, et les statistiques les plus optimistes n'en dénombrent pas aujourd'hui dix mille sur le même emplacement.

« Restent les nègres marrons.

« De ceux-là je voudrais vous parler un peu plus en détail, encore que je ne les estime guère ; car ils ont hérité de tous les vices de la servitude, sans prendre, depuis leur libération, une seule des qualités de l'homme libre. Paresseux, hâbleurs, menteurs, voleurs, ils ne vivent que de leur métier de courtiers entre le blanc et l'Indien, trompant celui-ci avec la rapacité du dernier des Sémites, trahissant celui-là avec une impudence sans égale. Et pourtant... et pourtant ces dégénérés ont eu un héros dans leur histoire. Savez-vous qu'ils doivent leur nom au mulâtre Boni, sorte de Toussaint Louverture, qui mourut les armes à la main après avoir fait trembler la Hollande?

« Je vous ai dit que vers le milieu du XVIIIe siècle, un grand
nombre d'esclaves de Surinam avaient fui la cruauté et les mauvais
traitements des commandeurs, dans la forêt vierge, où il était malaisé
de les poursuivre. Des expéditions militaires furent dirigées contre
eux; mais, dès 1761, on trouva plus économique de traiter avec eux;
et c'est ainsi que se formèrent les tribus des Aucas et des Saramacas,
qui laissaient des otages à Paramaribo et acceptaient dans leurs
villages la surveillance d'un résidant hollandais. Mais comme ces
groupes allaient grossissant sans cesse, il vint un jour où tous les
mécontents se réunirent sous la conduite d'un chef belliqueux et
intrépide, le mulâtre Boni, qui déclara ouvertement la guerre aux
blancs. Les Hollandais durent envoyer un véritable corps d'armée
contre ces rebelles. Ils expédièrent le colonel suisse Fourgeoud, qui
amenait avec lui douze cents soldats d'Europe, auxquels se joignirent
toutes les forces créoles disponibles. Boni entama une lutte de parti-
sans contre ces milices disciplinées et bien armées, et défendit pied
à pied toutes les positions entre le Surinam et le Maroni, n'abandonnant une rivière ou une crique que pour aller se reformer plus loin
et reprendre l'offensive. Tel fut le succès de cette lutte meurtrière,
que onze cents des soldats de Fourgeoud y laissèrent la vie. Boni se
montrait surtout impitoyable vis-à-vis des miliciens créoles, qu'il
accusait de trahison envers leurs frères de couleur. Les prisonniers
étaient exécutés au milieu de supplices atroces.

. « Enfin le moment vint où les nègres, auxquels on avait détruit
vingt et un villages et deux cents habitations, furent balayés au delà
du Maroni et n'eurent plus d'autres ressources que de s'abriter en territoire français. Là on les aurait laissés parfaitement tranquilles, se
bornant à les surveiller, si Boni n'avait à chaque instant traversé
le fleuve pour faire des incursions en terre hollandaise. Comme les

Français étaient complètement incapables, et pour cause, de faire respecter leurs volontés au profit de leurs voisins, ceux-ci organisèrent des expéditions sur notre propre territoire. Boni tenait bon derrière le fleuve; il avait même créé un poste fortifié, Bonidoro, contre lequel vinrent à diverses reprises échouer les efforts des Hollandais. La place ne fut prise que grâce à la trahison d'un mari trompé. L'anecdote est amusante.

« Marié à une sorte de virago qui lui rendait l'existence peu folâtre, cet homme vint se plaindre à son chef des fantaisies de sa volage négresse. Celle-ci, furieuse d'une pareille dénonciation, mit sur sa tête la coiffure des guerriers, s'arma d'un sabre et d'un fusil, et vint offrir à son seigneur et maître un combat doublement singulier. Le pauvre époux n'accepta pas le duel, mais fut tellement ridiculisé par cet incident, qu'il ne savait plus où se cacher. Dans son dépit il voulut entraîner dans un même désastre sa femme, ses compatriotes et Boni lui-même. Il alla proposer au commandant des forces hollandaises de simuler une attaque sur Bonidoro, laquelle attirerait sur le bord de la rivière tous les défenseurs capables de porter les armes, tandis que lui-même guiderait sous bois, sur les derrières du village dégarni, les troupes blanches. Ce stratagème réussit parfaitement. Quand les noirs s'aperçurent qu'ils avaient donné dans un piège et voulurent regagner leurs remparts, ceux-ci étaient couronnés de soldats qui dirigeaient sur eux un feu meurtrier.

« Les vaincus n'eurent que le temps de se précipiter dans leurs pirogues et de fuir par le chemin de la rivière. Boni croisa sur le rivage ses deux fils couverts de sang et de poussière, qui lui crièrent :

« — Tout est perdu, la ville est prise !

« — La ville, mais non pas nous, leur répondit le vieux chef ; tout est sauvé. »

« Et il s'élança à la nage dans le courant.

« Pourtant sa destinée était bien près de s'accomplir. Au lieu de s'enfoncer dans les terres françaises, Boni imagina un coup d'audace folle : il s'agissait de passer au travers des lignes de ses adversaires et d'aller enlever le résident hollandais qui séjournait parmi les nègres youcas, restés fidèles à leur traité de paix avec la Hollande. L'équipée réussit; mais elle eut deux effets désastreux : le premier, de brouiller les Bonis avec les Youcas, dont la neutralité leur était précieuse, et le second, de faire mettre à prix la tête de Boni lui-même, dont le gouvernement de Surinam ne savait plus de quelle autre manière se débarrasser. Il fut entendu que cette tête serait payée son pesant d'or. Voilà la guerre allumée entre les nègres fidèles et les nègres rebelles.

« Dans une rencontre, Boni, blessé au bras, et découragé de cette lutte fratricide, refusa de se replier en arrière.

« — Un guerrier, dit-il, doit mourir à la guerre; mon heure est venue! »

« Et il se précipita à découvert à l'endroit le plus exposé aux traits de ses adversaires. Criblé de flèches et de coups de lance, il mourut. Immédiatement les Youcas lui coupent la tête et l'embarquent dans un canot à destination de Paramaribo en supputant, au milieu de leurs cris d'allégresse, le nombre incalculable de bouteilles de tafia que cette prise vaudrait à leur tribu.

« Voici qu'au passage d'un des rapides les plus dangereux de la rivière le canot chavire, et la tête de l'héroïque révolté tombe au fond de l'eau, comme si le destin eût voulu épargner à ses restes d'affronter les regards de ces blancs qu'il avait tant haïs. Grand désespoir des convoyeurs! Mais les nègres sont ingénieux. L'un d'eux s'avisa que, le gouverneur de Surinam n'ayant jamais vu Boni, il serait aisé, au

bout d'un mois de voyage, de lui présenter une autre tête qui lui paraî-
trait suffisamment authentique. Voilà donc nos gaillards, revenus
sur le champ de bataille, qui déterrent amis et ennemis, et se mettent
à supputer la lourdeur réciproque des têtes de cadavres. A la fin ils
se décident pour celle d'un de leurs propres guerriers, la tranchent,
l'enveloppent dans des feuilles de bananier et reprennent leur route.

« Le gouverneur de Paramaribo, après s'être enquis de la réalité
du trépas de Boni, n'y regarda pas de trop près pour la vérification
de la tête, et paya rubis sur l'ongle le poids exigé par la dépouille
du Youca macrocéphale.

« Ainsi se termina la lutte à outrance. Depuis lors les Bonis ont
renoncé à toute renommée guerrière. Devenus sujets français, ils
peuplent un certain nombre de villages administrés chacun par un
capitaine, qui reçoit l'investiture du gouverneur de la Guyane. Tous
les capitaines reconnaissent l'autorité d'un chef suprême, le Grand-
Man, également nommé par nous. Leur vie se passe dans la fainéan-
tise, tant qu'ils ne sont pas obligés pour vivre d'aller à la chasse ou
de récolter quelques racines de manioc. Le plus clair de leur argent
de poche, si je puis m'exprimer ainsi en parlant de gens qui n'ont
pas de poche, consiste dans la prime que l'administration leur accorde
pour la capture des forçats évadés. Ils touchent vingt francs par tête
de prisonnier, et il ne se passe guère de semaine sans qu'ils nous en
ramènent quelqu'un. Ce sont des policiers incomparables. »

Au moment où le commandant achevait ces paroles, la main du
maître d'hôtel, qui versait dans son verre une rasade de vieux bour-
gogne, eut un tressaillement nerveux, et quelques gouttes se répandirent sur la nappe. Mme Mazurier fronça le sourcil, puis, haussant
imperceptiblement les épaules, murmura entre ses dents :

« Tous maladroits ces garçons, nous n'en ferons jamais rien !... »

CHAPITRE III

Non loin de la maison forestière, dans un abatis où restent encore çà et là quelques troncs isolés d'arbres gigantesques, ménagés à dessein pour abriter des rigueurs du soleil de midi, les cases des travailleurs du chantier Sparvine sont disséminées sans ordre apparent. La plupart sont construites au moyen de quatre baliveaux solidement fixés dans le sol et qui marquent les quatre coins de la chaumine; des faisceaux de branchages entrelacés et réunis par des lianes en forment les murs, s'élevant à quatre mètres environ. Sur un des côtés de la hutte, une ouverture sans porte mobile donne accès à l'intérieur. On n'y peut pénétrer qu'en se courbant, car la baie s'arrête à mi-hauteur d'homme. Une échelle des plus rustiques, située en face de la porte, permet d'accéder au plancher de la cabane, tenu à quelques pieds du sol pour éviter le contact direct de la terre malsaine.

C'est à ce premier étage qu'existe l'unique pièce de ce singulier immeuble. Le parquet, fait de vieilles planches qui furent autrefois des caisses à biscuit, est mal assujetti et laisse entre chaque latte des interstices où le pied trébucherait si l'on n'y prenait garde. Seule la toiture en plan incliné et recouverte de feuilles d'arrouma aux solides nervures, larges d'un mètre, reposant sur un premier lit d'écorces de maho, est construite avec un certain soin. Il importe, en effet, qu'elle soit suffisamment serrée pour résister aux pluies diluviennes qui, pendant les longs mois d'hiver, verseront sur sa déclivité des torrents d'eau.

Le mobilier de la pièce est des plus sommaires. Dans un coin, un lit formé de quatre perches qui, traversant le plancher, vont s'enfoncer dans le sol du rez-de-chaussée et sont reliées à leur partie supérieure par un lacis de grosses cordes en manière de filet. Sur ce treillis, un sac bourré de fibres, à moitié décortiquées, de conana, d'aouara et de maripou, constitue la paillasse. Une grosse couverture de laine, d'origine européenne, complète la literie; pas de draps, pas d'oreiller. Quelques hardes sont suspendues aux parois de la chambre, aux aspérités des fagots de broussailles : ici les ronces tiennent lieu de clous. Dans l'angle opposé au lit, on voit une vieille marmite de fonte, quelques vases de terre ébréchés, deux bouteilles vides et cinq ou six noix de coco. Un sac à demi vidé doit contenir une réserve de provisions de bouche. Au centre de la pièce, une table grossièrement équarrie forme, avec un tabouret boiteux, les seuls meubles meublants.

Un ébéniste qui s'approcherait de cette table pour vérifier l'essence de son bois constaterait avec surprise qu'elle consiste en un billot d'ébène massif d'un grain merveilleux. Il y aurait de quoi détailler dans ce bloc des revêtements pour les plus belles armoires à glace du faubourg Saint-Antoine. Ici personne ne fait attention à ces richesses, et la métropole, qui ne possède dans ses forêts que vingt-

cinq espèces d'essences utilisables, n'a pas encore trouvé moyen
d'exploiter à son profit les deux cent soixante espèces que renferme
la Guyane. Tout au plus a-t-on envoyé aux expositions des échan-
tillons de ces bois, dont quelques-uns ont un parfum plus délicat que

Il écrit : « Mon cher Olivier. »

les plus suaves aromes, tandis que d'autres présentent des couleurs
plus variées que celles des plus beaux marbres. Blanc de lait, noir
de jais, rouge, rouge de sang, veiné, satiné, moucheté, jaune
sombre, jaune clair, bleu de cobalt, bleu d'azur, vert tendre, toutes
les couleurs de la palette ont été mises à contribution par la nature.
Et les arbres qui produisent ces essences merveilleuses croissent et

meurent sans que la France déboisée, où s'importe pour deux cents millions par an de bois de construction et d'ébénisterie, tandis que l'Europe entière en achète pour près d'un milliard, s'avise des ressources inouïes que pourrait lui rapporter sa part de forêt vierge.

Songe-t-il à cet aveuglement économique le relégué qui s'assoit près de sa table d'ébène, sur un sac de campement en guise de tabouret? Non. Ses préoccupations sont bien éloignées des problèmes budgétaires de la mère patrie. D'un coin de son réduit il a tiré un rouleau de papier et une plume, dissimulés ainsi qu'un crayon dans un fagot de broussailles; dans un petit vase de terre où trempe une mèche de coton grossièrement tressée il verse de l'huile de palme, allume cette lampe primitive, et à sa lueur rougeâtre et fumeuse écrit :

« Mon cher Olivier,

« J'ai mis à profit le temps depuis ton départ, en examinant avec tout le soin possible quels étaient ceux de nos compagnons qui étaient capables de se joindre à notre expédition. Après avoir passé en revue, un à un, tout le chantier, je crois que les trois meilleurs ou les trois moins mauvais que nous puissions prendre sont : le grand Couppé, Mauléon et Cubisolles.

« Le grand Couppé sera le plus précieux de la bande. D'abord je sais qu'il a depuis longtemps l'idée de s'enfuir, et qu'il n'attend qu'une bonne occasion pour cela. Et puis il est adroit comme un singe, fait tout ce qu'il veut de ses doigts et ne sera jamais embarrassé pour se débrouiller en forêt. Il sait construire une hutte de branchages en un tour de main, connaît les procédés des Indiens pour enivrer les poissons dans les rivières. Bref, c'est un gaillard qui peut nous être précieux.

« Tout dernièrement il a fait un tour qui aurait pu lui coûter cher, s'il s'était laissé pincer. Je vais te le conter, cela te fera juger le bonhomme.

« Tu sais que sur le derrière de la maison du chef de chantier il y a un petit enclos soigneusement entouré de murs de plus de trois mètres de hauteur, et dans lequel on élève avec soin des volailles venues d'Europe. Le chef tient beaucoup à ses poulets, à cause des essais d'acclimatation et de croisement qu'il se vante de faire avec les marailles et les poços : c'est dire qu'il s'apercevait avec dépit, chaque semaine, qu'il lui manquait l'un ou l'autre de ses élèves. On ne pouvait incriminer ni les serpents, qui étaient incapables de traverser les murailles; ni les singes, puisque depuis déjà assez longtemps le bruit et les allées et venues qui se font dans cette partie de la forêt les ont éloignés. On songea donc aux urubus ou aux rapaces nocturnes, et à tout hasard le chef voulut monter la garde plusieurs nuits de suite, armé de son fusil.

« Un beau soir quelle ne fut pas sa surprise, au moment où il venait d'arriver à son poste, c'est-à-dire pendant les brèves minutes qui marquent notre crépuscule guyanais, d'apercevoir un de ses poulets houdans tendre désespérément le bec dans la direction du grand balata, dont les branches arrivent presque à la limite des murs, pousser des cris étranglés, battre des ailes et s'enlever dans le feuillage de l'arbre, où il disparut. Voilà donc des poulets qui volaient aux approches de la nuit. Le chef fit rapidement le tour de la maison ; mais quand il arriva au pied du balata, le poulet avait disparu. On alluma une torche, pour voir s'il était resté branché dans une fourche de l'arbre ; peine perdue.

« Il y a un mystère là-dessous, pensa le propriétaire, j'en aurai le cœur net.

« Le lendemain il apporta une longue échelle à l'intérieur de la cour et reprit sa faction. Deux ou trois jours se passèrent sans alerte ; mais, le quatrième, un nouveau poulet se mit à répéter le spectacle déjà vu. Le chef s'élança à la poursuite de son volatile, et grâce à l'échelle le saisit au moment où il allait dépasser la crête du mur. Alors il s'aperçut que le poulet avait dans son bec une ficelle, dont l'autre bout allait se perdre dans la ramure du balata. Quelqu'un, de là-haut, pêchait à la ligne les houdans acclimatés.

« — Gredin ! cria la sentinelle, descends ou je tire... »

« Trop tard ! une forme avait déjà dévalé le long du tronc de l'arbre et se perdait dans le fourré. Moi seul aurais pu dire quel était le coupable, car je croisai le grand Couppé, qui filait sous bois avec ses longues jambes et qui, quelques instants après, répondait de la voix la plus calme au contre-appel du surveillant.

« Mauléon est loin d'avoir l'agilité et l'adresse de Couppé. De plus c'est un caractère en dessous qui ne m'inspire pas grande confiance ; mais il connaît trois ou quatre dialectes indigènes, ayant travaillé dans le haut fleuve, et cela peut nous être tellement utile à l'occasion, qu'il me semble impossible de ne pas nous l'adjoindre.

« Cubisolles est un têtu et un taciturne, je le crois d'une intelligence assez bornée ; mais il est dur à la besogne. C'est celui de tous qui a vécu le plus longtemps en forêt et qui peut le mieux connaître les racines et les fruits comestibles, à force d'en avoir vu. Je ne te donne pas tout ce monde-là, sauf Couppé, pour des auxiliaires fameux ; mais tu sais que s'il nous fallait des phénix, ce n'est point au chantier Sparvine qu'il conviendrait de les chercher. D'ailleurs, il sera entendu qu'une fois en territoire hollandais chacun tirera de son côté et qu'on ne se connaîtra plus.

« Je me suis occupé aussi de déterminer l'emplacement favorable à la construction du radeau qui nous est nécessaire pour traverser le Maroni, et je crois l'avoir trouvé. Dimanche dernier, en me promenant aux alentours du chantier, j'ai remarqué un petit ruisseau, affluent du fleuve, à deux heures environ de marche au nord. A un certain endroit, le lit de ce ruisseau s'élargit en forme de crique dans un fourré quasi impénétrable, et sur ses bords il y a quantité de roseaux et de gros joncs. On pourrait construire le radeau dans ce havre, et, pourvu qu'il ne fût pas trop large, il serait possible, à marée haute, de le faire flotter jusqu'au Maroni.

« Le difficile sera d'avoir assez d'heures de liberté pour achever rapidement le radeau. Pour nous rendre sur le terrain ou pour en revenir, il nous faut déjà compter quatre heures de perdues ;... comment nous tirerons-nous de là, ou plutôt comment me tirerai-je de là, car je ne veux mettre personne dans la confidence et ne prévenir mon équipe que le jour même de l'embarquement? Ah! si tu étais à mes côtés, la chose marcherait toute seule. Vois-tu, mon cher Olivier, il importerait que nous fussions prêts pour le jour de la Saint-Jean, la fête du pénitencier, c'est-à-dire dans deux mois. Ce jour-là nous jouissons de vingt-quatre heures consécutives de calme, pendant lesquelles il n'y a pour ainsi dire pas de surveillance. Les travaux chôment, les appels n'ont pas lieu, les gardiens eux-mêmes ne songent qu'à s'amuser ; par conséquent, nous pourrions avoir une grande journée devant nous avant qu'on ne signalât notre fuite. C'est plus qu'il n'en faudrait pour réussir.

« Dès que tu auras reçu cette lettre, réponds-moi pour me dire s'il y a quelque chose de nouveau là-bas et si tu approuves mes projets. Tu enfermeras le billet dans la poignée du sabre d'abatis que je t'ai envoyé sous prétexte de réparations.

« Ton dévoué camarade,   « TEXIDOR. »

Quand le relégué eut achevé sa missive, il la roula, l'introduisit dans un tube de roseau très mince ; puis, allant choisir une noix de coco dans le tas qui se trouvait près de son lit, il enleva le germe du fruit et glissa le tube à l'intérieur de la noix. Le germe fut ensuite remis en place, scellé d'un coup de marteau et dissimulé dans les fibres ébouriffées de l'écorce. Personne, en manipulant cette singulière boîte aux lettres, n'eût pu deviner ce qu'elle contenait.

Le lendemain, Texidor, ayant repris sa place au ponton d'embarquement, remit la noix à des bateliers bonis qui descendaient le fleuve.

« Pour le mécanicien de la chaloupe à vapeur, leur dit-il ; ne manquez pas de la lui remettre, vous aurez dix sous de pourboire. »

Ce furent ces mêmes bateliers qui, le jour suivant, rapportèrent, avec divers objets à destination du chantier, un sabre d'abatis à l'adresse de Texidor. Celui-ci en prit possession avec une indifférence feinte ; mais, dès qu'il trouva un moment pour s'isoler dans la broussaille, il fit sauter la poignée de l'arme et, retirant un papier enroulé autour de la tige de fer, lut :

« Mon cher Texidor,

« J'approuve entièrement les dispositions que tu as prises et qui me semblent absolument conformes à nos intérêts mutuels. Je vais t'apprendre tout de suite une bonne nouvelle. Demain, après-demain au plus tard, nous serons réunis. Je quitte le service de la chaloupe à vapeur ayant réussi à me faire congédier pour deux manquements consécutifs à des ordres reçus. Cela n'a pas été sans peine. Le commandant, qui était fort satisfait de mon travail antérieur, voulait patienter et me garder encore. Il a même eu une discussion à ce sujet avec Mme Mazurier, ainsi que me l'a raconté un des domestiques de la maison.

« — Je ne sais quelle prédilection vous avez pour ce maladroit, disait la commandante à son mari ; il n'est pas même bon à servir à table, et, à notre dernier dîner de cérémonie, il a taché outrageusement la nappe en versant à boire aux convives. Un de ces jours il s'endormira à côté de sa machine et enlisera la chaloupe sur un bas-fond ou fera sauter la chaudière. Puisque vous avez un motif sérieux pour le congédier, que ne le faites-vous? A votre place je n'hésiterais pas. »

« Excellente Mme Mazurier! Elle ne se doutait pas qu'elle plaidait si bien mes intérêts. Le commandant, qui n'aime pas à avoir de discussions dans son ménage, s'est laissé facilement convaincre, et le soir même j'étais remercié. Bien entendu, je n'avais pas ainsi conduit les événements sans être sûr que je serais sans délai embauché pour le chantier Sparvine. On m'engage à raison de trois francs par jour pour la réparation des outils, une haute paye, comme tu vois! Si j'avais l'intention de faire des économies pour me marier avec une détenue de Saint-Laurent, je n'aurais pas pu obtenir meilleur emploi.

« Mais le salaire est le moindre de mes soucis. L'important est que nous allons être réunis et pouvoir unir nos efforts pour l'œuvre commune. Ma besogne doit me laisser beaucoup de loisirs, au moins une certaine liberté et la faculté d'aller et de venir sans être obligé de chercher de prétextes. Enfin je pourrai communiquer avec qui bon me semblera sans éveiller les soupçons des surveillants. Donc, courage ! et à bientôt !

« OLIVIER DUTEMPLE. »

CHAPITRE IV

LES PRÉPARATIFS DE L'ÉVASION[1]

... On pense avec quelle joie Texidor me vit arriver au camp
Sparvine. Le fait seul de notre réunion nous semblait un premier pas
vers la liberté, et pour qu'aucun soupçon ne pût naître au sujet de
nos intentions, nous résolûmes de cacher à tout le monde notre inti-
mité en ne nous parlant devant témoins qu'avec indifférence. Tout le
long du jour, lorsque les hasards de nos besognes respectives nous
mettaient en présence, nous n'échangions que quelques paroles brèves,
plutôt froides, et notre rôle était si bien joué, que le bruit courut
au camp que nous étions jaloux l'un de l'autre, parce que, un peu
plus instruits que nos compagnons, nous étions en rivalité pour être
nommés chef de chantier.

Mais dès que, la nuit venue, les contre-appels n'étaient plus à
craindre, nous nous glissions hors de nos cases et nous nous retrou-
vions, sur la lisière des broussailles, à un endroit convenu où, à voix

---

[1] Extraits du mémoire d'Olivier Dutemple.

basse, nous discourions sans fin des chances de notre projet d'évasion
et des moyens les plus pratiques de le réaliser à bref délai.

La première difficulté fut de nous procurer des outils pour la
construction de notre radeau. Tous les instruments de fer confiés aux
travailleurs étaient numérotés et remis chaque soir au magasin, où
l'on venait individuellement les reprendre le lendemain matin. Impossible par conséquent d'en avoir la libre disposition le dimanche, seul
jour de repos où nous puissions espérer besogner pour notre compte.
Impossible également d'en voler un ou deux ; cela eût donné
l'éveil, motivé des enquêtes minutieuses, et fait ouvrir l'œil aux
surveillants.

Texidor se rappela heureusement qu'une équipe de débroussail-
leurs, employés à un poste assez éloigné, avait coutume de laisser
ses sabres d'abatis sur le lieu même de ses travaux. Il s'agissait d'aller
nuitamment en dérober cinq, un par conjuré, et de revenir les cacher
aux environs de nos cases pour les avoir sous la main. Le larcin serait
mis sur le compte des nègres, et nos camarades en seraient quittes
pour une réprimande.

Aussitôt résolu, aussitôt exécuté. Le lendemain, vers les dix
heures du soir, Texidor, passant devant mon carbet, siffla légèrement ;
je me glissai hors de ma demeure, et en quelques enjambées nous
fûmes sous l'ombre épaisse des arbres. Le plus profond silence
régnait dans le camp, aucune lumière ne tremblotait derrière les murs
de branchages, et on eût pu croire toutes ces huttes inhabitées, si deçà
et delà quelque ronflement rauque n'eût révélé qu'un être humain
dormait sur un tas de feuilles sèches, alourdi par les fatigues du
labeur quotidien et du soleil tropical.

Silencieuse aussi était la maison des gardiens. Le chien de l'un
d'eux nous salua d'un aboiement au passage. Mais le chien guyanais

est si sot et si dépourvu de tout instinct, que ses appels de voix sont
généralement sans aucune signification et ne peuvent donner l'éveil
à ses maîtres.

Je n'ai jamais pu comprendre comment cet animal, incapable
d'être dressé pour la garde et encore bien moins pour la chasse,
pouvait être l'objet du véritable culte que lui vouent les indigènes.
Pour beaucoup de tribus indiennes, le chien est l'objet le plus précieux d'échange. Leurs possesseurs les élèvent et les soignent avec
amour, leur témoignent une douceur qu'ils sont bien loin de montrer
envers leurs femmes et leurs enfants, et ne les corrigent même pas
quand ils mordent, incartade que se permettent assez souvent ces
bêtes hargneuses. Il ne faudrait pas conclure que, s'il a la dent
prompte, le chien guyanais soit courageux; il jappe, mais de loin, et
s'il mord, c'est ou un animal incapable de se défendre, ou un humain
qui ne se tient pas sur ses gardes. Dans ce dernier cas, son coup fait,
le chien s'enfuit au plus vite, la queue entre les jambes.

Nous ne prêtâmes donc aucune attention au chien des gardiens;
déjà du reste nous étions en pleine forêt et dévalions vers la clairière
connue de Texidor aussi vite que pouvaient nous le permettre les
incertitudes de la piste, l'incessant obstacle des branches qui nous
fouettaient la figure et les alternatives d'ombre et de lumière qui
semaient sous nos pas tantôt des éclairs de miroir, tantôt des puits de
ténèbres.

C'était en effet soir de pleine lune, cette lune équinoxiale dont le
diamètre semble double ou triple de celle qu'on voit en France, et
qui, par sa folle blancheur, semble plutôt un soleil d'argent privé
de rayons qu'un astre mort et glacé. A travers les branchages des
palmiers et des caoutchoucs, sous le crible des feuilles d'aouaras, de
caumous et de carapas, ruisselait en cascade de mercure cette clarté

laiteuse qui marbrait le sol de ses larges gouttes, comme la toison tachetée de quelque gigantesque jaguar. Nous allions toujours plus vite, aussi muets et silencieux que le vol des grandes chauves-souris qui parfois venaient nous frôler le visage. Il s'agissait d'arriver au but et d'en revenir avant que quelque camarade maladroit n'eût remarqué notre absence.

Un moment nous crûmes avoir perdu la bonne direction. Texidor ne reconnaissait plus les points de repère, qu'il s'était cependant fixés avec tant de soin les jours précédents; un petit ruisseau à traverser le laissa surtout douteux. Mais quelques instants plus tard il poussa une exclamation étouffée de joie et, me serrant le bras, m'indiqua les premières percées de la clairière. C'était bien là. Les outils étaient au ras du sol, assemblés en tas, autour d'un amoncellement de fagots. Nous choisîmes les cinq sabres qui nous parurent les mieux emmanchés et les plus solides quant à la lame; puis, sans nous arrêter un seul instant, nous revînmes dans la direction du camp.

Tout y dormait encore aussi pesamment qu'à l'heure de notre départ. Bien sûr, personne ne s'était aperçu de notre fugue.

Avant de regagner nos couchettes, nous allâmes cacher nos sabres dans la haie qui entourait le jardin des gardiens. Si jamais on s'avisait de les chercher, ce serait partout excepté là.

Il fallut attendre jusqu'au dimanche suivant l'occasion de faire le premier usage en commun de nos outils. Dans la semaine, je m'étais procuré une demi-journée de liberté en me faisant porter comme malade, à la visite du docteur, et j'en avais profité en toute hâte pour me rendre à la crique choisie par mon camarade. Le lieu était certainement favorable à souhait, et pour peu que la chance nous permît de dérober aux regards, pendant un temps suffisant, l'exis-

« C'était, en effet, soir de pleine lune. »

tence de notre atelier clandestin, nous pouvions espérer lancer aisément notre radeau sur le Maroni à la faveur de la marée haute.

Cet après-midi-là, je me bornai à couper la plus grande quantité que je pus de lianes et de perches. Je travaillais avec une ardeur telle, que les heures passaient sans que je m'en aperçusse. J'aurais voulu tout finir en une seule séance, et je fus surpris par la tombée de la nuit, alors qu'il me semblait être à l'œuvre depuis un instant à peine. Si je n'avais pas été exempté de l'appel du fait de ma permission de santé, je n'aurais pas pu être de retour pour répondre au moment voulu.

Texidor, en m'attendant, bouillait d'impatience. Jamais notre comédie d'indifférence ne lui sembla si lourde à jouer que ce soir-là. Enfin il put m'interroger seul à seul, apprit que j'approuvais de tout point le choix de son emplacement et que j'avais déjà préparé la besogne pour un jour prochain.

On comprend donc avec quel empressement nous nous mîmes en route le dimanche, dès l'aube. Nous retrouvâmes mes branchages tout préparés. J'avais coupé presque uniquement des rameaux de palétuvier, parce que cette essence est particulièrement légère et flotte sur l'eau comme du liège. Nous réunîmes ces rameaux de palétuvier en fagots; puis avec nos perches nous nous construisîmes une espèce de cadre assez solide, au milieu duquel les fagots furent disposés par rangées et unis entre eux par de fortes lianes. Cela formait un tout assez homogène, et il suffirait d'une seconde rangée de fagots, disposés en sens contraire, un second plancher, pour constituer un radeau susceptible de porter aisément cinq hommes pendant plusieurs jours, en cas de besoin, sur les eaux du Maroni.

Pour le moment il importait de dissimuler ce que nous avions fait durant la journée. Comme la marée était basse et qu'il se trouvait fort peu d'eau dans la crique, nous pûmes amarrer notre demi-radeau en le fixant aux racines du fond, toujours au moyen de nos lianes flexibles. De la sorte, sa surface était au-dessous du niveau le plus bas du courant. On pouvait passer à côté sans soupçonner sa présence. Nous nous retirâmes donc enchantés de notre ouvrage et assez fiers de notre adresse à l'avoir ainsi caché à tous les regards.

Par malheur les dimanches étaient peu nombreux avant la date que nous nous étions assignée pour le départ. La fois suivante, Texidor se trouva dans l'impossibilité de m'accompagner, ayant eu dans la nuit une violente attaque de fièvre. Huit jours plus tard, nouveau contre-temps; je fus commandé pour des réparations d'urgence, lesquelles me valurent une indemnité d'argent supplémentaire, mais dont je me moquais pas mal. Enfin quinze jours se passèrent avant qu'il nous fût possible de retourner l'un et l'autre à la crique. Cette fois, pour rattraper le temps perdu, nous nous livrâmes à un travail surhumain et achevâmes d'un trait le dessus du radeau. Comme il ne fallait pas songer à le fixer par le bas, ainsi que nous avions fait de la première couche, la largeur de notre petit port s'y opposant, nous roulâmes dessus le tronc d'un arbre déraciné qui se trouvait par là, et dont les racines suffirent à le faire plonger de quelques centimètres. En passant, on pouvait apercevoir l'arbre, mais aucune trace du radeau. Dans le courant nous jetâmes les débris de branchages, les bouts de bois inutilisés. Une fois de plus la place était nette. Il ne restait, en dernier ressort, qu'à unir par des cordes les deux épaisseurs et à procéder au lancement. Cela pouvait s'opérer le jour même du départ.

La Saint-Jean tombait le surlendemain. Ce soir-là, en rentrant, Texidor, bien qu'il fût comme moi rompu de fatigue, guetta successivement Couppé, Mauléon et Cubisolles, au moment où ils rentraient se coucher, et leur donna rendez-vous pour la nuit suivante à minuit, derrière les cuisines, ayant, disait-il, une communication de la plus grande importance à leur faire.

Tous furent là à l'heure dite et ne se montrèrent pas peu surpris, sauf Couppé, qui se doutait de quelque chose, de nous voir arriver

Cet après-midi-là, je me bornai à couper la plus grande quantité que je pus de lianes et de perches. »

à leur rencontre, bras dessus bras dessous, nous qu'on disait en compétition et en rivalité.

Texidor leur fit part de nos projets d'évasion et leur apprit que tout était préparé pour la fuite, mais sans parler du radeau, si bien que les auditeurs pouvaient croire que nous comptions sur des pirogues de nègres pour passer le Maroni. Ce n'est que quand nos camarades eurent acquiescé sans réserve à l'idée de partager nos chances qu'il entra dans quelques détails. C'était moi, déclara-t-il, qui avais tout combiné et qui prenais la direction de l'affaire ; j'étais donc *le chef*, et la première condition pour être admis dans nos rangs était de jurer obéissance aux instructions que je donnerais. Je réglerais l'itinéraire, commanderais les heures de marche et de repos, trancherais sans appel les différends, s'il en survenait ; bref, jouerais un rôle de capitaine vis-à-vis de ses soldats. D'ailleurs, le pacte d'obéissance cesserait dès qu'on aurait atteint les premières plantations hollandaises. Là chacun reprenait son initiative et la libre disposition de ses actes ; il était même entendu qu'à partir de ce moment-là, et dès que j'en donnerais le signal, on ne se connaîtrait plus, on tirerait de côtés divers, les chances d'arrestation de l'un d'entre nous ne devant pas compromettre le sort des autres.

Tous acceptèrent. Il leur parut absolument naturel que je fusse le chef, puisqu'il en fallait un, et je crois qu'ils en jugèrent ainsi pour m'avoir vu circuler dans la chaloupe à vapeur du commandant avec un mince galon à ma casquette. Les gens les plus rebelles aux principes de la subordination sont souvent les plus frappés des signes extérieurs de la hiérarchie.

C'était à mon tour de prendre la parole :

« Mes amis, leur dis-je, comme vous l'a affirmé Texidor, tout est prêt pour demain. Vous n'aurez donc qu'à garnir vos sacs de riz, de graisse et de sel. Vous prendrez aussi des allumettes et de la quinine : je vous recommande tout spécialement la quinine, que vous pouvez facilement acheter, puisque vous avez de l'argent et qu'on en vend à la cantine. Nous allons entreprendre la traversée de la forêt jusqu'à Surinam. C'est une expédition grosse de périls, puisque nous aurons à nous défendre contre le climat, les animaux et peut-être les hommes. Mais ce que nous avons surtout à redouter, plus que la dent des tigres, plus que la flèche des Indiens, c'est la fièvre.

« Vous savez qu'en proie à un accès on ne peut plus marcher, et que le lendemain même on n'a plus de jambes. Or, si nous avions la fièvre, les uns après les autres, notre petite troupe pourrait être immobilisée des semaines entières, et ce serait notre perte à tous : au début parce qu'on pourrait nous rattraper, à la fin parce que nos vivres seraient épuisés et que nous risquerions de mourir d'inanition. À ce propos je dois vous dire que, d'après mes prévisions, le voyage en forêt vierge doit durer à peu près quarante jours, s'il ne nous survient pas de malheurs en route, bien entendu. Prenez du riz pour la moitié de ce temps au moins ; car, n'ayant pas d'armes à feu pour la chasse, il y a beaucoup de chances pour que nous ne trouvions rien à manger en forêt au minimum un jour sur deux.

« Je n'ai pas besoin de vous dire que le succès de notre tentative de désespérés dépend pour la plus grande part de la concorde et de l'harmonie qui régneront parmi nous. *Un pour tous et tous pour un*, cela doit être notre devise. En ce qui me concerne, vous me trouverez toujours dévoué à vous tous ; mais comme je n'entends pas qu'il y ait de l'indiscipline dans nos rangs, je vous préviens que le premier qui n'exécuterait pas strictement les ordres reçus serait exclu de notre bande. Une fois chassé, il fera route de son côté, si bon lui semble, mais n'aura plus rien de commun avec nous. Vous savez que je n'ai qu'une parole ; par conséquent, tenez-vous pour avertis.

« Et maintenant séparons-nous, de crainte qu'on ne nous voie ensemble. Après demain, jour de la Saint-Jean, à l'aube, nous partons. Préparez vos sacs et garnissez-les demain. La nuit prochaine, vous irez les cacher dans la forêt aux environs du camp, pour que nous n'ayons qu'à les prendre en passant. A bientôt, camarades. Rompez ! »

Mes paroles furent écoutées dans le plus grand silence, et chacun s'en fut se coucher, rêvant à la liberté dont le fantôme paraissait lui faire signe, là-bas, de l'autre côté de ce fleuve dont j'assurais la traversée.

CHAPITRE V

SUR LE FLEUVE

Enfin le voilà qui se lève, ce jour si impatiemment attendu. De la nuit je n'ai pu fermer l'œil, malgré mon désir d'être aussi plein de force que possible à l'heure du départ. Les gardiens procèdent à l'appel du matin, le dernier auquel nous répondrons. Mes compagnons prennent le chemin de la broussaille : je les rejoins le dernier. D'un tour de main nous endossons la bretelle de nos sacs et défilons silencieusement sous la voûte des arbres. Derrière nous le camp se livre aux préparatifs de la fête patronale, triste fête de prisonniers où l'allégresse ne peut être sincère, puisque le cœur est dévoré de haine à défaut de remords. De tous ces condamnés qui escomptent déjà l'ivresse crapuleuse dans laquelle ils espèrent bien être plongés ce soir, car aujourd'hui la cantine vend sans restrictions, quel est celui qui songe à regretter le temps où la fête de son village lui réservait d'autres plaisirs, concours d'adresse et d'agilité avec les jeunes gars de la commune, compagnons qu'on retrouvera un peu plus tard au régiment, danses sous la feuillée, après le feu d'artifice, en tenant par la taille quelque gentille payse, qui souriait de ses yeux clairs, et dont la main tremblait un peu à la pensée que son danseur pourrait devenir si vite un prétendu.

Moi-même, combien ai-je eu de ces anniversaires heureux? Les voilà qui s'évoquent tous dans ma mémoire et se répondent comme des appels de coq au sein de la nuit. C'est d'abord, dans le hameau où je fus élevé, le souvenir d'une fête de gymnastique, où notre école figurait à côté des sections de pompiers des communes voisines. On était venu de loin pour admirer leurs exercices; mais le succès fut pour les cadets, dont la naïve gaucherie amusa plus que les savantes évolutions des hommes. Comme j'étais le plus petit de la bande, le sous-préfet, à l'issue de la manœuvre, m'enleva de terre et m'embrassa sur les deux joues en disant :

« Voilà un petit homme qui promet d'être un fier gaillard ! »

Une dame me donna un gros paquet de bonbons et deux oranges, et mes condisciples pensaient : « En a-t-il de la chance ! » Certes je n'aurais pas donné ma place pour bien cher.

Plus tard, à Cosnes, au concours régional, où une délégation ministérielle visita les établissements d'enseignement primaire. Là encore on acclama Olivier Dutemple, lauréat de la bourse départementale à Jean-Baptiste-Say. J'étais l'honneur de mes maîtres, et ils me désignaient avec complaisance. Un vieux monsieur, portant sur son habit noir toute une brochette de décorations, quelques-unes ornées de diamants qui étincelaient au soleil, posa sa main sur ma tête et me dit :

« Souvenez-vous, mon enfant, que la France a besoin de sujets d'élite et d'hommes de bonne volonté. »

Au dehors la musique militaire jouait des airs de bravoure, et, quand je sortis par les rues pavoisées, il me sembla que c'était pour moi que les drapeaux claquaient au vent. Hélas! « sujet d'élite! » si la France avait compté sur moi, combien aurais-je trompé ses espérances !

Quatre ans après, à la fête de Ménilmontant, je donnais le bras à Mme Laroche, une excellente femme, qui m'aimait comme son enfant et s'intéressait à tous ses projets. Ses amis, M. et Mme Michon, d'autres personnes qui pour moi furent bonnes au delà de tout éloge, causaient avec elle de mon avenir et de celui de leur fils André. Pour nous régaler, on nous avait menés sous la tonnelle d'un marchand de vins, et là nous mangions des pâtisseries toutes chaudes, arrosées d'un verre de bière.

« Dans dix ans, fit M. Michon, tu seras ingénieur, Olivier, et tu ne voudras peut-être plus manger comme cela des gâteaux, en plein air, avec des vieilles femmes en bonnet?

— Taisez-vous donc, repartit Mme Laroche, je connais son bon cœur; jamais, s'il devient un savant, il ne rougira de nous. »

Misère! A présent ce sont eux qui rougissent de moi.

Pendant que ces souvenirs m'oppressent, je regarde à la dérobée mes compagnons de fuite, pour deviner si leurs pensées s'harmonisent avec les miennes. Le grand Couppé allonge le pas en sifflotant, le nez au vent, l'œil gouailleur; on le dirait en route pour une partie de plaisir. Mauléon a le front barré, soupçonneux, le regard craintif; on sent que son unique préoccupation est de mettre vite quelques kilomètres entre lui et le pénitencier. Cubisolles fouille avec sa main droite dans la poche de son pantalon de treillis; on dirait qu'il compte et recompte des pièces de monnaie. Tous se hâtent. Seul Texidor, au moment où nous franchissons un monticule du haut duquel on aperçoit dans la clairière la maison directoriale, s'arrête un instant et regarde en arrière. Mes yeux suivent la direction des siens, et je vois qu'il contemple le pavillon tricolore, qu'on a arboré à la porte pour fêter la Saint-Jean. Il me le désigne d'un geste expressif. Nous nous sommes compris sans avoir parlé.

« Le reverrons-nous, l'emblème de la patrie? »

Une heure s'est écoulée, heure de marche rapide. Nous voici sur le bord de la crique. C'est avec une certaine peine que nous dégageons les deux parties du radeau, et la ligature du dessus et du dessous nous prend plus de temps que je n'aurais supposé. Peu importe, d'ailleurs, nous ne pouvons pas partir avant la marée montante.

Comme nous sommes au plus fort de notre travail, le ciel se couvre de gros nuages, et l'horizon entier s'obscurcit. S'il pouvait pleuvoir! ce serait une grande chance pour nous, non seulement parce que la pluie enlèverait aux gens du chantier l'idée d'aller se promener au loin dans notre direction, puis parce que, une fois arrivés au fleuve, nous deviendrions invisibles dans le brouillard à quelques mètres de la rive.

« Attention! crie Cubisolles, la marée commence à monter. »

En effet, la crique se remplit à vue d'œil, et les bords du radeau oscillent. Nous embarquons, il ne reste plus qu'à démarrer la liane qui retient notre esquif. Le moment est solennel, personne ne dit mot. Mes quatre camarades, armés de pagaies, s'apprêtent à pousser vigoureusement dans la direction du fleuve, contre le flot. Enfin d'un coup de couteau je tranche l'attache. A ce moment les nuages crèvent et l'eau se met à tomber à torrents.

« Courage, mes amis, le ciel est pour nous! »

Ce fut une journée de rude travail, la descente du ruisseau d'abord, où en bien des endroits le fond était tout juste suffisant pour laisser glisser le radeau; puis, au confluent du Maroni, le passage d'un tourbillon qui nous fit plusieurs fois pirouetter sur nous-mêmes ; enfin, une fois dans le fleuve, la nécessité de le remonter sur une

Nous ne pouvions réussir
qu'en nous dérivant petit à petit
au fil de l'eau.

certaine distance jusqu'à un groupe d'îles, dont nous pourrions nous aider comme d'autant d'escales pour opérer la traversée.

En effet, privés de gouvernail et n'ayant en guise de rames que des pagaies qui ne touchaient plus le fond, il ne fallait pas songer à couper en droite ligne un fleuve au cours impétueux et large de quinze cents à dix-huit cents mètres. Nous ne pouvions réussir qu'en nous dérivant petit à petit au fil de l'eau, c'est-à-dire en allant atterrir sur la rive droite, à plusieurs kilomètres de notre point de départ sur la rive gauche. Si nous avions commencé l'opération à l'endroit où nous nous trouvions, et à marée descendante, le courant nous eût entraînés en vue du pénitencier et peut-être jusqu'à Saint-Laurent : nous retombions dans la gueule du loup. Ainsi il ne nous était possible de naviguer qu'à marée haute, le Maroni coulant alors en sens inverse de la côte et nous éloignant du pénitencier. De plus, en nous aidant du lacis des îles, nous fractionnions la traversée et diminuions d'autant les chances de naufrage.

Par malheur cela ne pouvait se faire en une seule demi-journée. Tous nos efforts se bornèrent donc, pour ce jour-là, à remonter le fleuve jusqu'en vue des îles, sans quitter la rive française. La pluie ne cessa pas de tomber un seul instant, et nous pûmes naviguer enveloppés d'un manteau de brouillard.

La nuit était proche quand nous découvrîmes une petite anse où il était facile d'accoster et où nous débarquâmes trempés jusqu'aux os, mais bien satisfaits tout de même d'avoir, grâce à l'averse, pu échapper à tous les regards.

A grand'peine nous parvenons à allumer du feu et à nous sécher tant bien que mal. Exténués de fatigue et de faim, nous dévorons le pain et les quelques provisions fraîches que nous avons apportées. C'est la dernière fois, de longtemps, que nous ferons un repas aussi bon ; le pain surtout mérite qu'on lui dise adieu, aussi le mange-t-on avec respect, ramassant sur les plis de nos vêtements les plus petites

miettes qui y sont tombées. L'agape va prendre fin, quand Couppé
sort triomphalement une bouteille de vin dont il n'avait parlé à personne, et dont il voulait nous faire la surprise. Ce fut en effet un grand
étonnement; on but à la santé de l'homme prévoyant et au succès
de l'avenir. Puis, sur des branchages amoncelés en hâte et tout trempés d'humidité, on se jeta pour dormir. Heureusement la pluie avait
cessé à la tombée de la nuit. Au bout de quelques instants tous mes
camarades ronflent. Moi seul suis trop agité pour me reposer, et puis
je tiens à veiller dans des parages aussi dangereux. Je reste donc
l'oreille au guet.

La nuit cependant se passa sans alertes. Le lendemain, dès que
les oiseaux commencèrent à agiter leurs ailes dans les arbres, il fallut
songer à reprendre le voyage. C'était à peu près l'heure à laquelle les
surveillants constateraient notre absence dans nos cases. Sans doute
les recherches ne seraient pas de suite bien actives; on nous croirait
en bordée, cuvant le tafia de la fête; mais à partir de midi, quand
les camarades déclareraient ne pas nous avoir vus, et surtout quand
on s'apercevrait que nous avions enlevé nos sacs, les soupçons se
préciseraient, et notre fuite serait signalée.

Nous pensions à cela, et nous avions grande hâte de gagner la
rive hollandaise. Tout le monde déploya donc au travail la plus grande
somme de force et d'énergie dont il était capable. A midi nous avions
déjà atteint une île, et nous nous préparions à nous laisser dériver
sur la seconde, quand, au moment de dépasser le promontoire qui
nous abritait, un coup de sifflet strident vint nous glacer d'effroi.

« La chaloupe à vapeur! s'exclama Texidor en faisant un geste
de désespoir, nous sommes perdus! »

Mauléon claquait des dents.

C'était bien en effet la chaloupe, mais point occupée à nous poursuivre, ainsi que le crurent tout d'abord mes camarades. Elle effectuait son voyage régulier à la Forestière et sifflait à l'entrée du chenal. Pourtant, si nous étions aperçus, le résultat était le même pour nous.

J'avoue que j'eus aussi un moment de folle terreur. Comment, moi, qui croyais avoir si minutieusement pesé tous les détails de notre fuite, avais-je pu oublier ce passage de la propre chaloupe que je conduisis pendant plusieurs mois! Quelle aberration était la mienne! Les heures de départ fixées par le règlement, l'itinéraire, ne variaient jamais. Rien n'était donc plus facile de savoir, à quelques centaines de mètres près, où l'embarcation administrative devrait se trouver, à cette heure, ce jour-là.

Déjà on apercevait le panache de la fumée derrière le petit cap.

« En arrière! en arrière! » criai-je d'une voix étranglée à mes matelots.

Ils comprirent la manœuvre et se mirent à pagayer pour nous rapprocher de la rive de l'île que nous venions de quitter.

La Providence voulut qu'à cet endroit du bord, des branches d'arbres en forme de saule pleureur et des lianes arborescentes descendissent en berceau épais au ras de l'eau. Texidor saisit la chevelure d'un de ces arbres, et le rideau s'ouvrit au point qu'en faisant force de mains nous pûmes dissimuler tout l'avant du radeau dans le fourré herbacé. L'arrière restait bien visible et aurait pu paraître suspect si l'équipage de la chaloupe prévenu eût songé à inspecter le rivage. Mais, ainsi que je le supposais, nous n'étions pas signalés encore. Tapis à plat ventre derrière le rempart des plantes aquatiques nous vîmes donc, à quelques encablures de nous, défiler la chaloupe insouciante. Son pont était rempli de passagers, des dames de Saint-Laurent causant avec des officiers, des surveillants, que nous connaissions tous

Nous pûmes dissimuler tout l'avant du radeau dans le fourré herbacé.

par leurs noms. Un nouveau coup de sifflet, le chenal était traversé, et on ne distinguait déjà plus que le sillage d'écume laissé par l'hélice.

Alors nous nous regardâmes, mes compagnons et moi. Nous étions tous très pâles, ayant senti le vent du malheur souffler sur nos visages.

Couppé fut le premier à rentrer en lui-même.

« Eh bien, quoi! fit-il, quand nous resterions là pétrifiés! Est-ce bête d'avoir peur! vous voyez bien que la chance est pour nous. »

Effectivement le danger était passé, la chaloupe ne redescendrait que dans vingt-quatre heures et par un autre chenal; de plus, étant en tournée, elle ne pourrait être utilisée pour notre poursuite.

Nous reprimes donc sans délai la traversée de notre petit archipel, et vers la nuit il ne nous restait plus que le dernier bras de la rivière à traverser, celui qui nous séparait de la rive hollandaise tant désirée. Il était trop tard pour achever le passage ce soir-là, et nous jugeâmes plus prudent de camper une dernière fois sur le Maroni.

Le riz cuit et le repas achevé, j'installai Texidor à la garde du camp. Il y avait plus de quarante-huit heures que je n'avais fermé l'œil, et je me sentais totalement incapable de veiller encore.

A l'aube nous remontâmes sur le radeau; mais le courant était si fort dans ce chenal, que nous ne pouvions couper les eaux. Sous peine d'être entraînés, il fallait trouver un autre système de traversée. Par malheur, Texidor et moi étions les seuls de la bande qui sachions nager; on n'avait pas songé à s'enquérir de ce détail en faisant choix des compagnons de route, et dès le début on en supportait les conséquences.

La décision fut vite prise. Je me jetterais à l'eau, ainsi que mon lieutenant, et à la nage nous rectifierions la direction de l'esquif, sur lequel resteraient les bagages et nos trois autres camarades. Les caïmans ne paraissaient guère à craindre dans ces parages, et les gymnotes, dont les décharges électriques peuvent annihiler les forces du nageur, amener même sa mort si elles se répètent fréquemment, n'avaient pas coutume, je le croyais du moins, d'abonder dans des eaux aussi vives.

En conséquence, nous nous déshabillâmes rapidement, et, plongeant dans le fleuve, dirigeâmes de notre mieux le radeau avec nos mains, tandis que Cubisolles, Couppé et Mauléon continuaient à pagayer avec force. En moins d'une demi-heure et après avoir dérivé seulement de trois ou quatre cents mètres, nous atteignîmes le bord opposé.

Tout le monde mit pied à terre avec une joie immense. Le premier pas vers la liberté, le plus décisif était fait.

En moins de temps qu'il n'en faut pour le dire, les lianes qui attachaient les diverses parties de notre radeau furent rompues, et les débris de l'embarcation, rendus à l'aspect de fagots informes, s'éparpillèrent au fil de l'eau. Nous ne laissions derrière nous aucune trace de notre passage, et bien fin eût été le limier qui eût pu relever nos traces.

Pourtant il ne convenait guère de nous endormir sur notre succès. En consultant la carte que j'avais si soigneusement calquée dans le bureau de M. Mazurier, je venais de constater qu'elle signalait une agglomération de Bonis à environ deux kilomètres en amont de notre point d'atterrissage, ainsi qu'un village d'Indiens en aval, à une distance à peu près égale. Il s'agissait de filer au plus vite entre les deux et de nous écarter de ce double voisinage pareillement dangereux, puisque noirs et peaux-rouges, vu la proximité du pénitencier, devaient déployer un même zèle à l'arrestation des fugitifs et une même avidité pour toucher la prime.

La forêt vierge était devant nous avec ses abris insondables. Son ombre nous faisait signe. Le sabre d'abatis au poing, nous nous y élançâmes.

CHAPITRE VI

EN FORÊT

Les premiers jours de notre voyage sont ceux qui m'ont laissé les souvenirs les moins nets. Absorbés par l'idée fixe de nous éloigner le plus vite possible des bords du Maroni, nous ne songions à rien autre, dans nos cervelles de gibier traqué, qu'à fuir en ligne droite, mettant à profit toutes les minutes de la journée. Nous marchions en file indienne, moi en tête pour indiquer le chemin, les autres sans rang défini. On tâchait d'éviter les fourrés trop épais, et si cela était impossible, on s'ouvrait, pour ne pas dévier de la direction générale, un passage dans la broussaille au moyen du sabre d'abatis. Je conduisais la troupe en me guidant sur la position du soleil aux diverses heures du jour; mais je compris vite qu'un repérage aussi insuffisant ne nous évitait pas des erreurs de route considérables.

Ma fameuse carte, dont j'étais si fier, ne nous servit à rien dès que nous eûmes dépassé les parages connus. En effet, il aurait fallu pouvoir la lire, relever l'endroit où nous nous trouvions à chaque étape et incliner notre itinéraire suivant les indications des points cardinaux. Or je n'avais pas de boussole. J'avais bien entendu dire autrefois, au collège, qu'avec une montre, en tenant le cadran à plat et en orientant les aiguilles d'un certain côté, on pouvait dans une certaine limite suppléer à l'absence de boussole. Mais je n'avais prêté alors qu'une oreille distraite aux explications du professeur, n'imaginant guère qu'elles pussent m'être un jour utiles, et surtout qu'il fût plus facile d'avoir une montre qu'une boussole, le premier de ces objets étant plus cher que le second. En conséquence, bien que deux d'entre nous, Texidor et Couppé, possédassent chacun une montre assez bien réglée, cela ne nous servait à rien... qu'à savoir l'heure, et l'heure nous importait peu. D'ailleurs, en cas de besoin, la longueur des ombres, la variation de la clarté, mille autres indices eussent suffi à nous la faire connaître. En résumé, malgré ma carte, j'étais à peu près perdu dès le second jour.

Une autre erreur cruelle fut de nous être mis en chemin sans avoir au moins une arme à feu pour nous cinq. Assurément il était très difficile de s'en procurer une. Les rares Bonis possesseurs en cachette de quelques vieux fusils rouillés y tiennent comme à la prunelle de leurs yeux et n'auraient pas facilement consenti à les vendre. Voler l'arme d'un surveillant, c'était s'exposer à des enquêtes qui eussent bouleversé le pénitencier, appelé l'attention sur nos projets d'évasion et attiré une punition exemplaire sur la tête du coupable au cas où on l'aurait découvert. Puis, le fusil dérobé, où se serait-on procuré des munitions?

Je m'étais dit toutes ces choses-là, naguère; et, envisageant ces difficultés quasi insurmontables, j'avais renoncé à l'arme à feu.

Or, aujourd'hui, je constatais qu'il eût mieux valu reculer notre fuite de six mois, d'une année même, que de nous trouver en pleine

forêt sans autre moyen d'attaque ou de défense que nos sabres
d'abatis. Non seulement nous nous trouvions à la merci du premier

Malgré ma carte, j'étais à peu près perdu dès le second jour.

parti d'Indiens qui nous voudraient du mal, puisque ceux-ci avaient
au moins des flèches pour nous atteindre ; mais, chose plus grave,
nous ne pouvions tuer aucun animal parmi tous ceux qui passaient

chaque jour à notre portée. Donc, au lieu de faire bonne chère
et de réparer nos forces au fur et à mesure de la dépense, nous étions,
dès le début, forcés de vivre sur nos maigres provisions et de nous
imposer le régime débilitant de la demi-ration.

Sans doute la forêt nous fournissait, par places, des racines,
baies ou fruits comestibles; mais outre que nous ne nous attardions
guère à en faire la cueillette, nous savions par expérience qu'une
alimentation pareille est totalement insuffisante à un Européen qui
travaille. A la rigueur cela peut empêcher de mourir de faim, cela
ne nourrit pas.

Songez, dans ces conditions, quel crève-cœur c'était pour nous d'entendre à chaque instant des bandes de perroquets s'envoler de la cime
des arbres avec leurs cris de serrure rouillée, de voir des agoutis sortir
du creux des vieux troncs morts et s'élancer de branche en branche,
comme les écureuils de notre pays, des pacas filer sous la broussaille
en faisant entendre leur cri de cochon d'Inde avant de disparaître dans
quelque terrier à l'orifice inconnu, des hocos et des murailles lourds
comme des dindons et prenant tout juste la peine de se cacher un peu
sur notre passage, au sein des frondaisons, des agamis aux longues
pattes avec leur plumage d'un beau noir et leur ventre irisé, tel un
faisan, se laissant approcher par troupes de trente ou quarante indi-
vidus au point que Couppé résolut de fabriquer une fronde pour
essayer d'en abattre quelques-uns.

Certes, il y aurait eu là de quoi nous fournir des festins copieux
et même délicats, puisque nous ne manquions ni de sel, ni de graisse
pour les assaisonnements. Au lieu de cela nous n'avions eu jusqu'ici,
pour varier notre menu, qu'un iguane, sorte de lézard de grande
taille, au dos de couleur ardoisée et au ventre jaune verdâtre, qui
s'était laissé tomber bêtement du haut d'un arbre, presque entre nos

bras, sur le bord d'un petit ruisseau rencontré le second jour. Le troisième jour, on eut au tableau une couleuvre d'un mètre de long tuée d'un coup de sabre par Cubisolles; le quatrième jour, rien! Le moment approchait où le souci d'abattre des kilomètres cesserait de tenir la première place dans nos préoccupations, et où nous songerions surtout à la nécessité de nous emplir le ventre.

Texidor, qui avait autrefois capturé un aï ou paresseux, dans une opération de débroussaillement, ne rêvait plus qu'à la rencontre d'un de ces animaux. « Ils sont si bêtes et si lents dans leurs mouvements, disait-il, qu'une fois qu'on les a aperçus sur l'arbre où ils gîtent on peut les considérer comme pris. Il n'y a qu'à grimper sur le tronc, le paresseux s'éloigne alors du chasseur en rampant le long d'une maîtresse branche, à laquelle il s'accroche par ses griffes recourbées, et quand il est au bout, ou bien il se laisse tomber pesamment sur le sol, ou bien il reste immobile, abruti de terreur. On lui passe alors une corde au cou avec un nœud coulant, et on le tire d'en bas.

« Mon cher, avec la viande d'un paresseux, nous aurions de quoi manger notre content tous les cinq pendant plusieurs jours ! »

Le malheur est que le paresseux convoité ne se montrait pas; nous n'avions guère le temps de sonder un à un les arbres de la forêt, et, même en ce cas, nos recherches eussent pu être infructueuses, car l'aï n'abonde pas, détruit qu'il est par quantité d'autres animaux féroces plus agiles et plus robustes que lui.

Mais c'étaient surtout les singes rouges qui nous dépitaient particulièrement; encore que leur chair bouillie ou rôtie, dont nous avions tous mangé plusieurs fois, à l'occasion, soit coriace et inférieure à celle de la plupart des gibiers de la forêt, il y a une sorte de joie féroce à voir mijoter dans la marmite cet ennemi qui accompagne le voyageur en le raillant de ses infortunes, en venant l'insulter jusqu'à quelques mètres de sa figure, s'il le voit sans armes, en le narguant de ne point posséder quatre mains et une queue prenante, et d'être obligé de cheminer péniblement dans l'humidité fiévreuse du sous-bois, à travers la morsure des lianes, tandis que lui-même fait la route en cabriolant au soleil sur la cime des branches entrelacées. On ne m'ôtera pas de l'idée que le singe rouge se moque de l'homme aux abois; il nous l'a assez prouvé au cours de notre calvaire.

Le surlendemain de notre départ, comme nous dormions épuisés de fatigue, Mauléon étant de garde, nous fûmes réveillés environ une heure avant le lever du jour par des beuglements de taureau qu'on égorge. Nul ne songea à s'en effrayer ou à s'en étonner. Nous connaissions tous ces hurlements, qui remplacent en Guyane le chant matinal du coq. Ils signifiaient simplement qu'une bande de singes rouges était à proximité.

Comme, plus nerveux que mes compagnons, il m'était impossible de prolonger mon somme au milieu d'un tintamarre pareil, je me mis sur pied et me dirigeai au plus près de l'endroit d'où partaient les cris. Ils s'accompagnaient en duo assourdissant : un son aigu et un son grave. Dès qu'il fit assez jour pour distinguer les objets, je vis que les musiciens se réduisaient cependant à un seul artiste, le plus vieux et le plus gros mâle d'une troupe nombreuse qui se promenait d'un bout à l'autre d'une grosse branche, tandis que sa tribu, plongée dans le silence, semblait l'écouter avec une respectueuse admiration. Un duo exécuté par un unique chanteur, je n'en pouvais croire mes oreilles.

Plus tard, à Démérara, je me suis fait donner l'explication de ce curieux phénomène. Il provient d'une particularité de conformation de l'appareil vocal du singe rouge. Chez cette espèce, l'air sortant

des poumons par la trachée peut suivre en même temps deux direc-
tions différentes : ou sortir directement par la glotte, ou passer par
une énorme cavité creusée dans l'os hyoïde et qui forme un véritable
résonateur. L'air qui sort directement donne les sons aigus, tandis
que celui qui passe dans la caisse de l'os hyoïde produit les sons
graves.

Ce matin-là je vous assure que je n'avais pas le loisir d'approfon-
dir ce détail anatomique; tout au plus pus-je constater l'effronterie
des singes hurleurs, qui, au lieu de s'enfuir en nous voyant tous les
cinq debout, s'approchèrent de notre groupe et se mirent à nous
escorter quand nous commençâmes la marche. La seule différence fut
qu'à partir de ce moment la troupe entière fit chorus avec le vieux
mâle.

Au bout de trois ou quatre heures, Couppé, las de ces huées
persistantes, avisant un endroit où le sol était jonché d'espèces de
noix dures et rugueuses, en ramassa un certain nombre en guise de
projectiles et essaya d'en lancer à la tête de nos adversaires.

Fatale idée!

A peine ce geste hostile était-il esquissé, que l'armée des hurleurs
se mit à dépouiller les arbres de ces mêmes noix et à nous en bom-
barder avec tout l'avantage de la position élevée. Impossible de se
garantir de cette grêle, qui, sans être positivement dangereuse, nous
contusionnait la tête et les épaules. Le pire fut qu'au moment où je
levais le visage en l'air pour juger du nombre de ceux qui nous
lapidaient, je reçus en plein un paquet d'immondices fétides qu'un de
ces gredins de singes m'envoyait comme marque de suprême mépris.

« Cela te portera bonheur, » me cria Texidor en riant.

Quelques instants après il n'avait plus envie de se moquer de
moi. Lui-même et nos trois autres compagnons étaient souillés à leur

tour d'une pluie d'ordures que nos ignobles ennemis déversaient sur leurs têtes avec une précision et une adresse inconcevable. J'avais souvent entendu faire le récit de scènes pareilles; mais c'était la première fois que j'en étais témoin... et victime.

Nous cherchâmes une futaie un peu plus claire pour être moins à la merci des singes rouges, ainsi qu'un ruisseau où laver nos souillures. Nous fûmes assez heureux pour rencontrer l'une et l'autre à quelque distance de là, mais nos hurleurs ne nous abandonnèrent pas pour cela. Jusqu'à la nuit close ils nous firent escorte. Ce n'est que quand nous eûmes allumé les feux du bivouac, qu'effrayés sans doute par les clartés de la flamme, ils prirent le parti de déguerpir.

Comme Texidor se lamentait de n'avoir pas au moins la carcasse d'un de nos persécuteurs à mettre à la broche :

« Peuh! fit Couppé, du gigot de singe rouge,... c'est dur comme de la semelle de botte. Parle-moi d'un aloyau de singe noir, voilà ce qu'il nous faudrait; c'est grassouillet, c'est tendre ; mais le singe hurleur, vrai! je ne me dérangerais pas pour en avoir une tranche ! »

Malgré moi je ne pus m'empêcher de sourire, la première fois depuis mon départ, en entendant le discours de Couppé. Il me rappelait, trait pour trait, le mot de certain renard gascon, d'autres disent normand, et je pensais : « Cela ne vaut-il pas mieux que de nous plaindre? »

CHAPITRE VII

LES GRANDES ÉPREUVES COMMENCENT

Bien des articles de notre programme initial étaient déjà abandonnés. Ainsi, par exemple, je m'étais promis de faire construire chaque soir une hutte de feuillages où nous pussions passer la nuit à l'abri des insectes et des oiseaux nocturnes, où nous fussions un peu moins exposés aux miasmes de l'air. Mais allez donc imposer régulièrement un travail pareil à des gens épuisés par la marche et le sabrage des broussailles! L'étape finie, on n'avait plus qu'une idée, se coucher sur le dos, dans un endroit aussi sec que possible, et s'endormir lourdement d'un sommeil de plomb, pour oublier ses misères jusqu'au lendemain.

Dans ces conditions de lassitude, tout ce que je pouvais exiger de mes compagnons était qu'ils abattissent assez de bois pour l'entretien de trois foyers que nous disposions en triangle, et qui nous étaient rigoureusement nécessaires pour éloigner les fauves. Nous nous

placions au centre, la tête appuyée sur nos sacs, après avoir dévoré
les quelques poignées de nourriture dont nous disposions, et nous
nous endormions, sauf l'homme de garde, dont la faction n'excédait
pas trois heures.

L'aspect que présentait maintenant la forêt vierge nous permettait jusqu'à un certain point cette dérogation à notre plan primitif.
Ce n'était plus, comme dans les environs de Saint-Laurent, les seuls
que j'eusse explorés jusqu'alors, un entrelacement de palmiers sans
nombre, un fouillis d'arbres aux formes bizarres, reliés entre eux
par les plantes parasitaires et aggrippés par des lianes courant de
branche en branche, ainsi que des cordages aux mâts d'un navire.
Ici les essences forestières, moins mêlées, formaient des groupes
plus réguliers et plus homogènes. Par endroits nous circulions entre
des colonnes hautes de quarante à cinquantes mètres, aussi droites et
aussi lisses que les fûts de marbre de quelque temple géant, et si
géométriquement espacées, qu'on les eût dites plantées en quinconce.
En haut, dans l'entablement de verdure, épaisse au point de ne
laisser filtrer de la lumière des tropiques qu'un clair–obscur qui bai-
gnait le sous-bois d'un jour falot de cathédrale, s'était réfugiée la
vie animale, dont on entendait le grouillement, mais qu'on ne voyait
pas. Au-dessus de ce plafond vert se poursuivaient les aras querel-
leurs, les mille oiseaux au plumage étincelant dont les cris nous rappelaient les noms, et nos ennemis les singes. A nos pieds le sol formait un tapis de feuilles sèches, de bruyères, sous lequel fourmillaient
les tribus de vermines et d'insectes en voie de métamorphose. Il
dégageait une âcre senteur et une chaleur moite qui, par instant, faisaient dire à Texidor :

« On respire la fièvre ici. »

Mais aux approches des cours d'eau, assez fréquents, le spectacle changeait. La futaie devenait moins dense, les clairières se multipliaient, et, sous ces déchirures de la voûte, les herbes, les arbrisseaux, reprenant leurs droits à la vie,

Par endroits nous circulions entre des colonnes hautes de quarante à cinquante mètres.

s'élançaient à leur tour vers le soleil, en épanouissant leurs feuilles aux nuances tendres et leurs fleurs multicolores.

Nous campions autant que possible dans une de ces éclaircies, après nous être débarrassés mutuellement des chiques ou puces pénétrantes, qu'on récoltait journellement dans la marche et qui s'introduisent entre cuir et chair pour y déposer leurs œufs. Au moyen d'une épingle maniée à tour de rôle, on extrayait avec soin ces dangereux parasites.

Un soir, en visitant les jambes de Texidor, qui s'était plaint plusieurs fois dans la journée de lourdeurs et de démangeaisons insolites, Couppé lui dit :

« Mon vieux, tu dois avoir des vers macaques; cela c'est plus gênant que les chiques ou même que les poux d'agoutis. »

Texidor fit la grimace. Il n'avait jamais eu encore de vers macaques, mais les connaissait pour en avoir vu extraire maintes fois à ses compagnons de chantier. C'est un insecte qui pénètre comme la chique, mais une fois logé ne meurt pas en colonisant. Il se développe au contraire et peut atteindre jusqu'à deux centimètres de long avec la grosseur d'un crayon.

Texidor répondit :

« Eh bien, il faut me les enlever sans plus tarder, tu sais comment on s'y prend ?

— Oui; on doit d'abord tuer l'animal en injectant dans sa cachette un liquide corrosif quelconque, au besoin quelques gouttes de jus de pipe suffisent; puis on fait une petite incision, et on presse des deux côtés avec les ongles des pouces; le ver, qui est dur comme un cylindre de caoutchouc, doit jaillir de la plaie et tomber à un pas de là. Le diable, c'est que je ne vois pas du tout les orifices par lesquels les tiens sont entrés.

— N'importe ; incise largement, on en sera quitte pour laver
à fond les plaies avec de l'eau salée, afin qu'elles ne suppurent

Le chirurgien improvisé pratiqua, avec la pointe de la serpette
de mon couteau de poche, une ouverture.

pas. Si on retardait l'opération, je ne pourrais bientôt plus marcher. »

Couppé se mit à l'œuvre. Après quelques tâtonnements, il fut assez heureux pour déterminer exactement, à quelques millimètres près, les alvéoles des deux vers dont souffrait Texidor. Pendant ce temps celui-ci fumait, pour amasser de la nicotine, du tabac mouillé dans sa pipe. Il était heureux que la provision de tabac ne fût pas encore épuisée.

Quand on jugea que le jus de pipe avait fait suffisamment son effet, le chirurgien improvisé pratiqua, avec la pointe de la serpette de mon couteau de poche une ouverture sur le gras du mollet et au-dessous du genou du patient, puis serra vigoureusement, suivant la manière qu'il avait décrite. Successivement les deux vers sautèrent. Ils étaient encore de petite taille, comme des tiges d'allumettes-bougies.

« Merci, dit Texidor, à charge de revanche ! »

Nous avions tous suivi avec curiosité les phases de l'opération, sauf Cubisolles. Au moment de faire cuire le riz, j'appelai notre compagnon, il ne répondit pas.

Je me mis à sa recherche et l'aperçus bientôt, couché au pied d'un arbre, la tête reposant sur son sac.

« Eh bien ! lui dis-je, qu'est-ce que tu fais là? Est-ce que tu as aussi des vers macaques?

— Je suis malade, je sens que je vais avoir la fièvre. »

Il était étonnant, en effet, que personne n'eût eu encore d'accès, malgré les petites doses de quinine que nous prenions chaque jour à titre préventif.

« Puisque tu es le premier atteint sérieusement, mon pauvre camarade, tu ne feras pas ton quart de garde. Tâche de t'arranger le plus commodément que tu pourras sur ton lit de feuilles, mais surtout aie soin de prendre de suite une forte dose de quinine.

— Je n'en ai pas.

— Comment! tu n'en as pas, après toutes les recommandations que j'avais faites à ce sujet! »

Je n'en pouvais croire mes oreilles. Entreprendre la traversée de la forêt vierge sans moyen de lutte contre la fièvre, c'était s'exposer à une mort certaine. Au pénitencier il ne se passait pas de mois où, dans un milieu relativement sain et avec une alimentation suffisante, chaque détenu français ne fût visité, plus ou moins gravement, par quelque accès. La fièvre faisait partie des incidents de la vie courante, et le médicament préventif ou curatif s'absorbait comme du sel de cuisine. J'en ai vu des flacons servis tout ouverts d'une façon permanente, sur la table même du directeur. Celui de ses convives qui dans la journée avait senti un frisson, un mal à la tête quelconque, savait de quoi il était menacé et, prenant une pincée de sulfate au bout de son couteau, l'absorbait dans une cuillerée de son potage.

Cubisolles, malgré mes injonctions formelles la veille du départ, s'était mis en route sans acheter de quinine. Il était extrêmement avare et déjà avait laissé transpercer son vice dans plusieurs incidents de voyage ; mais jamais je n'aurais pu croire que sa parcimonie l'eût conduit à une négligence aussi périlleuse.

Couppé, Mauléon, Texidor, la jambe bandée d'un linge ensanglanté, s'étaient approchés. L'un d'eux me souffla à l'oreille :

« Figure-toi que cet animal-là a plus de deux cents francs en pièces d'argent dans sa poche ; je l'ai aperçu qui les comptait l'autre nuit pendant qu'il croyait que nous dormions tous. »

J'hésitais à tirer de la petite boîte de fer où était ma provision la quantité de quinine qu'il eût fallu au malade ; mais outre que je n'en avais pas de trop pour moi-même, je me dis qu'un exemple était nécessaire. Si nous nous devions aide et assistance dans les dangers qui nous menaçaient, nous ne pouvions étendre cette obligation aux mauvais cas volontairement cherchés par tel ou tel.

« Écoute, dis-je, tu vas avoir un accès et absolument par ta faute. Tu te souviens des prescriptions que j'ai faites à cet égard, et tu n'en as pas tenu compte, tant pis pour toi. Tu t'es imaginé sans doute que nous t'entretiendrions de quinine à tour de rôle, tu t'es trompé. »

Alors il se mit à nous injurier ; mais chacun lui tourna le dos et s'en alla vaquer à l'installation du bivouac.

Pendant la nuit il eut une crise violente, et durant mon quart, l'entendant gémir et délirer, je fus sur le point de lui apporter en cachette ce que je venais de lui refuser tout à l'heure publiquement. Le raisonnement me retint. Je ne pourrais dans la suite renouveler cette libéralité, et je n'aurais réussi, vis-à-vis des autres, qu'à faire preuve de faiblesse. Mieux valait, puisque nous ne pouvions nous charger de Cubisolles invalide, qu'il abandonnât l'expédition ; nous n'étions encore qu'à quatre jours du pénitencier, il lui était facile d'y retourner ou de gagner une tribu de la rive du Maroni, s'il voulait tenter par là une fortune problématique.

Quand il se leva le lendemain, les jambes veules et le teint plombé, l'accès était passé, mais non sa colère. Il fut le premier à déclarer qu'il ne voulait plus continuer le voyage en notre compagnie et qu'il nous quitterait sur-le-champ pour regagner la côte. Nul ne songea à le retenir, et pas une main ne serra la sienne quand, l'injure toujours sur les lèvres, il assura sur ses épaules chancelantes son sac de campement et s'éloigna sans même retourner la tête. C'était un caractère peu sympathique, mal fait pour laisser des regrets. Jamais plus nous n'avons entendu parler de Cubisolles [1]. Peut-être pourtant avons-nous eu tort de nous séparer ainsi de notre camarade et avons-nous porté plus tard la peine de notre manque de charité. C'est en effet du jour où il nous quitta que commencèrent pour nous les grandes épreuves qu'il me reste à raconter.

Il assura sur ses épaules chancelantes
son sac
de campement, et s'éloigna.

Cependant la journée se passa plutôt gaiement ; on se sentait soulagé du départ d'un auxiliaire qui menaçait de devenir une charge et sur la solidarité duquel on ne pouvait compter. Les quarts de veille seraient de quatre heures au lieu de trois, voilà tout. A midi, Couppé, entendant fourrager dans la broussaille sur le bord de

---

[1] Cubisolles a dû périr, dans son voyage de retour, soit d'un accès de fièvre pernicieuse, soit victime de quelque fauve. Les registres du pénitencier de Saint-Jean ne constatèrent pas sa rentrée, et l'enquête faite par l'administration à son sujet, auprès des indigènes du district, fut purement négative.

la piste que nous suivions, s'élança le sabre en main dans cette
direction et se trouva en présence d'une énorme tortue, qui fut
retournée sur le dos et décapitée en moins de temps qu'il n'en faut
pour dire : Ouf !

Nos estomacs affamés tressaillaient déjà d'allégresse.

On décida de faire halte et de se livrer sur place à un copieux
déjeuner. Le repas fait, chacun put encore mettre dans son sac un
morceau de la bête pour assurer la nourriture du lendemain. C'était
une alimentation qui nous permettait d'économiser pendant quarante-
huit heures notre stock de riz.

Vers le soir on arriva sur les bords d'une rivière plus large
qu'aucun des ruisseaux rencontrés jusque-là. Elle pouvait avoir une
vingtaine de mètres d'une rive à l'autre et roulait suffisamment
encaissée pour qu'on n'eût pied nulle part. Je cherchai vainement
sur ma carte le nom de ce cours d'eau ; impossible de me reconnaître au milieu des indications multiples qu'elle contenait. De
dépit je fus sur le point de jeter ce papier inutile dans le courant de
l'eau.

L'obstacle que nous avions devant nous devait se renouveler
plusieurs fois durant la route et nous contrariait fort. Limités par
nos provisions, nous diminuions nos chances de réussite chaque fois
que nous perdions une journée, et cependant nous ne pouvions
laisser en arrière Mauléon et Couppé, qui ne savaient pas nager.

Fallait-il remonter la rivière pour chercher un gué ? Cela nous
éloignait de notre direction, et nous pouvions marcher fort longtemps sans résultat. Construire un radeau, c'était une opération de
longue haleine, je l'avais bien vu précédemment.

En fin de compte, nous pensâmes que le mode le plus simple et
le plus expéditif consisterait à jeter une corde de lianes très solide

en travers de la rivière. On l'amarrerait à deux arbres situés bien en face l'un de l'autre, et il serait facile à chacun des deux mauvais nageurs de passer en s'accrochant d'une main à la rampe de liane, tandis que de l'autre main il s'appuierait sur l'épaule de Texidor ou la mienne, car nous l'escorterions dans sa traversée.

Le passage pouvait ainsi s'opérer en quelques heures. Néanmoins il n'y fallait pas songer pour ce jour-là, car la nuit était proche. On alluma donc les feux comme de coutume, et le premier je pris la garde en réfléchissant aux événements qui venaient de s'écouler. Où bivouaquait Cubisolles en ce moment, perdu dans la forêt, incapable de se garder tout seul ? Qu'adviendrait-il de nous, si une défection nouvelle ou un accident malheureux privait la bande d'un autre de ses soldats ? Ces soldats eux-mêmes, que valaient-ils individuellement ?

Le plus brave, le plus énergique, le plus précieux, c'était assurément Texidor. Certes, j'avais bien placé mon amitié en la lui donnant, car j'étais payé de retour, et je sentais que ce frère d'infortune se dévouerait au besoin pour moi, comme j'étais prêt à me dévouer pour lui. Au moindre danger on le trouvait toujours en avant ; si une manœuvre périlleuse s'imposait, il la réclamait pour lui. Avec cela ne se plaignant jamais, ne donnant aucune des marques d'impatience qui m'échappaient à moi à chaque instant, mais conservant dans les incidents heureux comme dans les événements néfastes le même air froidement résigné sous lequel se devinait une volonté de fer.

Couppé aussi était brave, mais instinctivement et pour ainsi dire avec étourderie. Incapable de raisonner, il ne cherchait point à discuter et était de l'avis de tout le monde. Jamais je n'ai vu pareil exemple d'insouciance. Il cheminait dans cette forêt mystérieuse comme pour son plaisir, en sifflotant des airs appris au bataillon d'Afrique dont il sortait. Pourvu qu'il eût à manger et à boire, tout le reste lui était égal.

« Couppé, il faut s'arrêter.

— Très bien !

— Il faut repartir.

— En avant !

— Couppé, tu passeras la rivière en t'accrochant à la liane.

— Entendu !

— Tu n'as pas peur de te noyer ?

— Si je me noie, je le verrai bien. »

Comment ce grand mouton inoffensif avait-il pu se changer en criminel et mériter un jour le bagne ? Il avait dû voler avec candeur en étendant la main, d'un geste spontané, sans s'interroger une seule minute sur la valeur morale de l'acte qu'il commettait. Était-il même sûr qu'il sût au juste distinguer le bien du mal ?

Couppé était de ces êtres frustes et privés de ressort qui, aiguillés sur une bonne voie, eussent dévidé tranquillement une vie honnête, sans effort et sans mérite. Des hasards qui m'étaient inconnus l'avaient poussé sur le mauvais chemin ; il y était resté avec bonhomie, les deux mains dans ses poches, je veux dire dans les poches des autres.

Tandis que je devinais dans le passé de Texidor quelque drame passionnel dont le remords couvait encore en son âme, je lisais dans les yeux en boule de Couppé le plus parfait oubli des méfaits qu'il avait pu commettre. Au demeurant, le meilleur fils du monde.

Mauléon formait avec les deux précédents le plus parfait contraste. Sa mine chafouine d'huissier véreux suait l'histoire des faillites frauduleuses, des chantages manqués, des escroqueries sur timbre qui avaient dû le mener à la Guyane. Aussi couard que Couppé et Texidor étaient braves, on était sûr de le trouver derrière ses talons dès qu'un lézard trop gros pointait sur la piste. Je sentais en lui l'homme de toutes les trahisons possibles, et mes pressentiments, hélas! ne devaient pas me tromper. Cependant je m'attachais à ne rien lui faire paraître de la répulsion qu'il m'inspirait. Ne devions-nous pas nous séparer dans quelques semaines les uns des autres volontairement, à moins que quelque événement brutal ne nous séparât plus vite avant l'échéance que nous nous étions fixée?

CHAPITRE VIII

LA SAVANE TREMBLANTE

De grand matin nous nous mîmes à l'œuvre pour la construction de la rampe de lianes. Les matériaux furent trouvés et assemblés sans difficulté, et Texidor, se jetant à l'eau, put aller amarrer à un palétuvier de l'autre rive la corde ainsi fabriquée. Ensuite à tour de rôle, nous passâmes les sacs, les sabres, la marmite, et il ne resta bientôt plus qu'à nous occuper de nos compagnons. Texidor et Couppé firent la traversée sans incident; j'ai expliqué d'ailleurs combien elle était facile. Quand vint mon tour et celui de Mauléon, je crus qu'un succès pareil nous attendait. Nous gagnâmes en effet sans trop de peine le milieu de la rivière; mais voilà qu'arrivés là, mon camarade devient tout pâle, sa main se crispe sur la liane, puis il pousse un grand cri :

« Aïe ! aïe ! quelque chose m'a passé entre les jambes !... »

Ce disant, il abandonne la corde pour s'accrocher à mes épaules. Naturellement nous enfonçons tous les deux. Je sentais l'eau tourbillonner au-dessus de mes oreilles, tandis que mon bras droit était paralysé déjà par le poids de Mauléon.

Par bonheur nous étions nus l'un et l'autre. S'il eût pu me saisir par mes vêtements, je n'aurais jamais réussi à me dégager, tandis que d'un violent tour de reins j'arrivai à lui faire lâcher prise. Il pirouetta sous l'eau et je l'empoignai vigoureusement par derrière, à la nuque, lui serrant le cou sans aucun souci de l'étrangler. De la main restée libre et des jambes, je fis quelques efforts désespérés et me rapprochai de la rive. Couppé avait déjà brisé une longue branche flexible, dont il me tendait l'extrémité. Je réussis à la saisir sans lâcher mon fardeau. On nous hala sur le bord, nous étions sauvés. Mais il était temps; si la lutte avait continué quelques minutes de plus, je n'aurais pas eu même la force de me tirer tout seul de l'eau. En effet, je tombai, haletant et épuisé, entre les bras de mes compagnons.

Ceux-ci gourmandaient Mauléon de sa maladresse avec un débordement d'injures qui montraient par quelles émotions ils venaient de passer en qualité de spectateurs de la scène. Pour toute excuse, celui-ci bégayait :

« Je vous dis que quelque chose m'a passé entre les jambes, un gros poisson sans doute...

— Vilain couard ! résuma Texidor, nous n'aurions pas dû t'emmener. »

Il ajouta :

« Veux-tu que nous campions ici, Olivier? Après cette secousse tu dois avoir besoin de te reposer. »

Je répondis :

« Non, nous avons déjà perdu trop de temps les jours précédents. Il ne faut pas renoncer à l'étape d'aujourd'hui, sans quoi nous ne parviendrions jamais au but de notre voyage. Dans un instant mon essoufflement sera passé et nous pourrons nous remettre en marche. »

Ainsi fut fait, et à midi nous reprenions la route de l'ouest. Au bout de deux ou trois heures nous nous aperçûmes que la nature du terrain changeait sous nos pas. Nous n'avions cessé de descendre une pente très légère, sans attacher d'importance à cette déclivité continue, puisque nous ignorions la hauteur absolue à laquelle nous nous trouvions par rapport au niveau de la mer.

Nous remarquions seulement que les grands arbres devenaient plus rares et que, selon toute probabilité, nous arrivions à une éclaircie ou à un de ces larges espaces complètement découverts qu'on rencontre parfois, comme des îles de stérilité, au milieu de la forêt. Ce qui eût dû nous détromper, c'était l'abondance des pripris ou palmiers pinots, qui signalent l'approche des marécages, et de temps à autre l'envolée de quelques bandes d'oiseaux aquatiques qui passaient au-dessus de nos têtes. Mais dans notre hâte d'avancer nous ne prêtions pas attention à ces indications naturelles, et nous cheminions à travers les herbes coupantes, de plus en plus hautes, entremêlées d'arbustes épineux difficiles à éviter.

Pourtant à un moment il fallut bien nous rendre à l'évidence. Nos pieds enfonçaient dans le tapis d'herbe fine que nous foulions, pour aller chercher au-dessous un terrain solide qui me semblait au contraire devenir de plus en plus mou, de plus en plus gluant.

« Nous voici dans un bas-fond! cria Couppé. Hardi! les enfants! faut en sortir le plus vite possible, il doit y avoir de la couleuvre par ici. »

Vous savez qu'à la Guyane on désigne sous l'appellation modeste de couleuvre tous les serpents qui ne sont pas venimeux, jusques et y compris le boa constrictor.

Nous hâtâmes de notre mieux le pas, et bientôt nous enfonçâmes jusqu'aux genoux. Si à cet instant nous avions pu inspecter l'horizon, nous aurions vu que la cuvette sur la pente de laquelle nous nous trouvions allait se creusant encore davantage, et nous aurions obliqué à droite ou à gauche. Mais les joncs et les arbrisseaux obstruaient la vue, et ce n'était point en tâtant du pied la vase qu'on pouvait juger si l'on descendait ou si l'on remontait. Un quart d'heure après le glacis de gazon avait dépassé le niveau de notre ceinture, et au-dessous nous entendions nos jambes clapoter dans le limon.

Quelqu'un proposa de revenir en arrière.

« Gardons-nous-en bien, répondit Texidor, nos traces sont perdues, et nous tournerions sur nous-mêmes au risque de tomber dans quelque trou. Si la nuit nous surprend dans la savane, nous sommes perdus. Notre seule chance est de continuer en ligne droite, nous devons avoir fait le parcours le plus mauvais. D'ailleurs, c'est à Dutemple de décider. »

Je confirmai son avis.

« Nous sommes en pleine saison sèche, dis-je, et par conséquent nous marchons sur le lit même du marais. Il serait étonnant que la vase devînt beaucoup plus profonde, et je crois, ainsi que Texidor, aussi périlleux de reculer que d'avancer. Pourtant, comme nous ne savons ce qui peut arriver, débarrassons-nous de nos vêtements et faisons-en un paquet avec les sacs que nous porterons sur nos têtes ; puis on marchera à la file, en se tenant attachés les uns aux autres par une liane. De la sorte, si quelqu'un fait un faux pas et s'embourbe, les autres pourront le retirer. »

L'ordre s'exécuta. Nos misérables hardes furent enlevées à grand'peine, alourdies de boue et adhérentes à nos corps comme des

Nous hâtâmes
de notre mieux le pas,
et bientôt
nous enfonçâmes
jusqu'aux genoux.

vésicatoires. Puis
la plus longue des
lianes qui avaient
servi à traverser la rivière,
et que Couppé avait em-
portée à tout hasard,
s'enroula sous nos aisselles, en manière de chaîne.

Ainsi nous fîmes quelques pas encore, descendant toujours.

L'angoisse de la situation nous étreignait. D'abord ç'avait été dans la file des hommes des exclamations de colère, des jurons, des malédictions contre la destinée ; maintenant nous étions tous silencieux, l'effroi avait glacé nos paroles dans nos gorges.

Nous avancions donc, creusant notre tombeau sous nos pas, moi en tête, puis Couppé, Mauléon et Texidor en serre-file. L'eau me montait aux épaules. Un instant je fis halte pour tâter de l'orteil à quelques centimètres plus loin le sol, et je sentis avec un inexprimable effroi que je coulais à pic dans la vase molle : la savane tremblante m'aspirait. Alors je levai vers le pan du ciel bleu, que sincèrement je ne croyais plus revoir, un regard suppliant et murmurai :

« Mon Dieu ! mon Dieu ! »

Le son de ma plainte parvint à mes oreilles comme une voix étrangère. Ma personnalité se dédoublait, ainsi que cela arrive quelquefois en rêve, et il y avait en moi deux hommes, dont l'un regardait périr l'autre. Comment, en cet instant de défaillance, l'Olivier Dutemple qui allait succomber exhalait-il cette seule lamentation d'agonisant : « Mon Dieu ! mon Dieu ! »

Certes j'étais, je suis peut-être encore un piètre chrétien. La veille, si l'on m'eût interrogé sur ma foi religieuse, j'eusse répondu, non sans une certaine pointe d'orgueil : « Je ne crois à rien. » Élevé, sous prétexte de liberté de conscience, dans une indépendance absolue de toute pratique de culte, j'ignore si j'ai été baptisé et sais qu'à l'époque où mes camarades allèrent au catéchisme, afin de préparer leur première communion, je fus dispensé de cet enseignement par le directeur de mon école, parce que, privé de famille, je n'avais pas à suivre la volonté d'autrui à cet égard. Plus tard, au collège, j'étudiai les principes du catéchisme comme simple document historique, et n'étais pas peu fier de juger ses effets sociaux sans avoir jamais obéi à ses lois. Bref, jusqu'à cette heure je n'avais jamais prié. Peut-être est-ce de là que viennent tous mes malheurs ; car si, dans mes chagrins ou mes tentations, j'eusse cru à un Père céleste, soucieux, au sein de l'isolement où je me trouvais, d'écouter mes tristes confidences et capable d'adoucir mes amertumes, je ne me serais point laissé aller aux accès de révolte contre la destinée qui m'ont conduit où je suis. Mais comment aurais-je pu prier, puisque je n'avais pas eu de mère pour m'apprendre à joindre les mains et que toute oraison me semblait jusque-là une manifestation superstitieuse ?

Or voilà qu'à l'appel de la mort, ma superbe s'évanouissait, et tout mon athéisme se fondait en une prière d'enfant : « Mon Dieu ! mon Dieu ! »

En levant au ciel mon regard de désespéré, je constatai d'un seul coup que je croyais en Dieu et que j'y avais toujours cru.

Ce fut comme un éclair qui déchira d'un coup les ténèbres de ma conscience, et la surprise fut telle, que ma première prière ne se précisa pas davantage. Je ne songeai ni à m'humilier de mes fautes passées, ni à faire des vœux pour l'avenir, au cas où un avenir se rouvrirait devant moi, ni même à crier miséricorde pour le danger présent. Je répétais : « Mon Dieu ! mon Dieu ! » et c'était tout.

Combien de temps dura ce dédoublement de mon être ? Fort peu sans doute. Pendant que ma pensée vagabondait loin de mon corps, l'instinct de la conservation m'avait inspiré les mouvements utiles à mon salut. Je repris possession de mes sens en entendant Texidor qui criait :

« Courage ! nous remontons ! le sol devient plus ferme. »

Et en effet, on sentait sous le pied la boue moins molle, l'eau laissait nos poitrines à découvert, la savane tremblante lâchait sa proie.

Il nous fallut cependant encore plus de deux heures d'efforts pour
sortir complètement du marais, dans un état d'épuisement et de mal-
propreté que je laisse à deviner. A défaut d'eau courante, nous enle-
vâmes avec des bouchons d'herbe humide le limon qui nous recouvrait
et reprîmes, après cette toilette plus qu'insuffisante, nos habits, qui
heureusement n'avaient pas été trop mouillés.

« Hein ! disait Couppé, nous l'avons échappé belle !

— A quoi pensais-tu, dans le fond du trou, interrogeai-je, quand
nous avions de l'eau jusqu'au menton ?

— Je pensais, me répondit-il, à la manière dont a péri, l'année dernière, le fameux cambrioleur Jeannolle de Vanneuse, qui,
s'étant échappé tout seul du pénitencier, trouva précisément la mort
dans une savane tremblante, près de la côte. Ses pieds se sont enlisés
dans le marécage, et il a été dévoré vivant par les crabes sans pouvoir ni se défendre, ni s'enfuir, bien que sa tête émergeât de l'eau. »

Ce souvenir nous donna le frisson à tous. Jeannolle de Vanneuse
était une célébrité du bagne. C'est lui qui, arrêté à Paris, où il
opérait vêtu en gentleman d'une correction irréprochable, avec sous
le bras une serviette d'avocat dans laquelle il enfermait une pince-
monseigneur démontable, vrai bijou de serrurerie, un jeu de scies
et de rossignols, trouva moyen de s'évader cinq fois au nez et à la
barbe des agents de la sûreté chargés de sa surveillance.

La dernière fois il s'échappa du palais de justice dans le corridor
même des juges d'instruction, tandis qu'un garde municipal l'attendait à la porte des cabinets d'aisance, où il avait demandé à
pénétrer. Il s'était glissé par la fenêtre du cabinet sur la corniche
extérieure du monument, était entré par une croisée ouverte dans le
corridor, puis sans hâte avait descendu l'escalier commun. Sur les
marches du palais il avait demandé poliment du feu à un président

de chambre, pour allumer son cigare, et s'était perdu dans la capitale.

Repris quelques mois plus tard, à l'occasion d'un nouveau vol, Jeannolle de Vanneuse fut condamné à vingt ans de travaux forcés et expédié à Saint-Jean du Maroni. Là ses tentatives d'évasion lui réussirent moins qu'à Paris.

Tout en rappelant la légende de Jeannolle de Vanneuse, nous cherchions à grand'peine des branches et des feuilles sèches pour alimenter nos foyers, non pas que sur la lisière de ce marais nous eussions grand'chose à craindre de l'attaque des fauves ni des serpents qui se tiennent immobiles la nuit, mais pour nous défendre d'une nuée de moustiques voraces qui nous enveloppaient et nous perçaient sans pitié de leurs dards acérés. Ces maringouins pullulaient là par milliards, et malgré la fumée épaisse dont nous nous environnâmes nous ne pûmes échapper à leur atteinte.

La nuit fut atroce, personne ne parvint à fermer l'œil, et cependant nous étions tellement rendus de fatigue, que nous avions à peine la force de nous relever de temps à autre pour aller alimenter les feux. Aussi, dès que l'aube pointa, quittâmes-nous, plus morts que vifs, ce lieu empesté, avec des faces tellement boursouflées de piqûres, que l'un de nous, Mauléon, pouvait à peine faire mouvoir ses paupières. A midi, nous étions arrivés à un nouveau ruisseau, moins large que le précédent et facilement guéable, qui enserrait ainsi que dans une fourche, avec ce dernier, la savane où nous avions failli perdre la vie. En hiver, les ondes de ces deux cours d'eau devaient se joindre et transformer le marais en lac sur toute l'étendue parcourue par nous durant la journée précédente.

Au delà de cette rivière, la forêt reprenait son allure hautaine, avec une profusion d'arbres géants entrelaçant à cent pieds du sol leur chevelure impénétrable et épaississant à leur base le mystère du crépuscule éternel. La crainte de retrouver de nouvelles savanes nous fit obliquer notre route vers le sud, de manière à nous éloigner du voisinage de la mer, et au risque d'allonger de quelques lieues notre itinéraire.

Cependant les vivres baissaient à vue d'œil. Si un hasard heureux ne nous permettait pas de les renouveler, nous risquions d'être bientôt en proie à la famine. La plus grande chance aurait été de rencontrer un village d'indigènes, noirs ou peaux-rouges, où l'on consentît à nous vendre du manioc et du cachiri, et où l'on nous permît de nous reposer quelques jours de nos misères physiques.

CHAPITRE IX

LA MONTAGNE DE YOLOCK A PLEURÉ !

.

Trois nouveaux jours se passèrent sans autres incidents que les hasards quotidiens de la marche sous bois.

Nos étapes devenaient maintenant moins longues, car la traversée de la savane nous avait tous laissés fort mal en point, et nous n'avions plus la même vigueur pour sabrer la broussaille. Les maux de tête ne nous quittaient guère, occasionnés par de gros rhumes de poitrine qui, le soir, valaient à chacun une attaque plus ou moins violente de fièvre, malgré les quantités considérables de quinine que nous absorbions. Pour ma part j'en prenais jusqu'à cinq grammes par vingt-quatre heures, et si, grâce à cette médicamentation énergique j'avais échappé aux crises qui anémiaient tant mes camarades, je souffrais de bourdonnements d'oreilles perpétuels et avais presque complètement perdu l'appétit.

La nuit, au bivouac, personne ne dormait ou très mal, d'un sommeil entremêlé de cauchemars dans lesquels tous les fantômes de la

10

forêt vierge traversaient notre imagination. Nous nous inspirions mutuellement une pitié découragée.

Les quarts de veille ne se succédaient plus qu'irrégulièrement, ou plutôt chacun les faisait de sa couche, suffisamment tenu en éveil par des crises bruyantes de toux, rappelant celles des asthmatiques, et des râles sibilants qui secouaient avec cruauté nos poitrines en feu.

Texidor me paraissait, de tous, le plus profondément atteint; mais, avec sa belle volonté d'homme énergique, il réagissait de son mieux contre les atteintes du mal et tenait à honneur de ne point laisser paraître son abattement. Si d'ailleurs un danger se présentait, il se retrouvait tout entier, sans l'ombre d'une défaillance. J'en eus un exemple précieux dans la matinée du quatrième jour.

Dès que le fourré devenait moins épais, nous marchions en ordre dispersé ou en ligne, à une cinquantaine de mètres de distance les uns des autres. Il nous semblait qu'ainsi nous pouvions nous réunir à la première alerte, et que, d'autre part, nous pouvions trouver plus aisément les sentes favorables ou augmenter la récolte des fruits comestibles.

Ce matin-là, je marchais à l'extrême droite de la file et m'occupais à franchir les racines d'un gros arbre qui obstruait ma route, quand j'entendis derrière moi la chute sourde d'un corps, comme un sac de linge qui fût tombé d'une branche. Je me retourne et aperçois, le corps rasé au sol, l'œil clignotant, les pattes allongées et la queue fouettant les mousses, un jaguar qui me guettait et s'apprêtait à bondir sur moi. Pour un chasseur armé d'un fusil l'ennemi n'eût pas été autrement terrible, car il ne me parut pas de très forte taille, et il offrait une cible facile. Mais je n'avais pour tout moyen de défense que mon sabre d'abatis, et je compris vite que si je ne blessais pas mortellement le fauve du premier coup, je serais renversé par son bond et aurais à soutenir corps à corps une lutte dont l'issue pouvait m'être fatale.

Le jaguar me fixait sans bouger, et de mon côté je le regardais bien en face sans faire un mouvement. Cette immobilité réciproque se fût prolongée sans doute quelques instants encore, si, désireux de prendre une défensive plus favorable et de donner l'alarme à mes camarades, je n'eusse brusquement ramené la pointe de ma lame dans la direction des yeux de l'animal, tandis que je m'effaçais et criais de ma voix la plus retentissante :

« Gare à vous! gare à vous !... chat-tigre ! »

Le jaguar, au son de ma voix, fouetta une dernière fois le sol de sa queue, rampa encore d'un mètre; puis ses quatre pattes se détendirent comme un seul ressort, et d'une envolée il s'élança sur moi. Je fis un pas de côté, et mon sabre, décrivant un demi-cercle en l'air, tenta de parer l'assaut. Un miaulement furieux déchira l'espace. La bête était atteinte, mais par une estafilade seulement qui lui avait ouvert la peau sur le flanc. Elle retomba sur les ronces, qui se teignirent de sang.

A ce moment, ma mauvaise chance voulut que mon pied glissât sur la racine de l'arbre. Je trébuchai et tombai à la renverse.

Mon adversaire ne pouvait laisser passer cette occasion sans la mettre à profit. Comme je me relevais, du plus vite qu'il m'était possible, je le vis se rassembler de nouveau et tenter un autre bond que cette fois je ne pourrais éviter. Mais, au moment où il quittait terre, il poussa un second miaulement, cette fois non plus de colère, mais de douleur et de défaite, et il retomba presque sur place. D'un formidable coup de sabre, Texidor, accouru à mon appel, venait de lui fendre jusqu'à l'os le jarret d'une des jambes de derrière.

Nous vîmes le félin boiteux s'enfoncer sur trois pattes au plus

épais du fourré, et disparaître. Sans doute, si nous l'y avions poursuivi, il nous eût été possible de le rejoindre et de l'achever, car il
laissait sur son passage une longue trace de sang. Mais, tout entiers
à la joie de l'heureuse issue de la lutte, nous n'y songeâmes guère.

« Es-tu blessé ? me demanda Texidor en se précipitant vers moi.

— Non, pas une égratignure ; mais tu es arrivé bien à propos
tout de même, car je n'aurais pas eu le temps de me remettre sur
pieds pour faire face au jaguar.

— Ce n'est donc pas lui qui t'avait renversé ?

— Non, mon pied a glissé. »

Nous hélâmes nos compagnons, qui n'avaient rien entendu du
bruit du combat. Il fallut leur montrer les traces de sang sur les ronces
pour les convaincre de la réalité des faits.

Mauléon observa que si on n'avait pas laissé échapper le chat-tigre
on aurait pu en manger un morceau à déjeuner, alors que depuis si
longtemps nous manquions de viande.

« Il est encore temps, lui répondit Texidor ; la bête ne doit pas
être bien loin. Va l'achever, nous t'attendrons ici. »

Mauléon n'insista pas.

Cette aventure aurait dû nous rendre plus prudents et plus cir-
conspects. Elle ne fit, au contraire, que nous enhardir, et peut-être,
si elle se fût terminée moins victorieusement, n'aurions-nous pas
eu à enregistrer l'affreux malheur qui signala la journée du lendemain.

Cette fois-là encore nous marchions séparément, et nous nous
trouvions dans l'ordre suivant : Texidor sur la gauche, Couppé, moi,
puis Mauléon à ma droite. J'avais devancé un peu mes compagnons,
ayant sans doute trouvé un passage plus facile sur ce terrain d'ailleurs
malaisé, où à chaque instant on devait se frayer la route en tran-

chant les lianes, en abattant les branches les plus hostiles d'un arbuste
épineux dont j'ignore le nom, mais qui pullule par là.

Le sabre haut, je fonçai sur le serpent.

Nous gravissions à ce moment une pente douce au sommet de
laquelle nous espérions trouver une éclaircie, et j'entendais distinctement le grand Couppé chanter à pleins poumons un refrain de

régiment, qui, disait-il, l'aidait à marcher. Soudain la chanson s'arrêta brusquement, on perçut un cri de terreur indicible ; puis le silence se fit, absolu. Prompt comme l'éclair, je m'élançai dans la direction d'où partait ce cri. Ainsi que je l'ai dit, Couppé n'était rien moins qu'un être nerveux ; il ne s'alarmait pas facilement. Pour qu'il appelât avec une pareille angoisse, il fallait que le péril fût grand.

Je courais à travers la broussaille, laissant aux ronces des lambeaux de mes vêtements et de ma chair ; en quelques bonds je fus sur le théâtre du drame, et là mes sens se glacèrent à la vue du plus horrible spectacle qui ait jamais frappé mes yeux.

Un énorme boa avait enlacé le corps de mon malheureux camarade, l'écrasant dans ses replis gigantesques, qui formaient trois anneaux autour de la poitrine de l'infortuné. La tête du monstre se dressait sifflante au-dessus de sa victime, tandis que la queue du reptile traînait encore de plusieurs mètres sur le sol, brisant comme paille, dans ses soubresauts, les arbustes qui l'environnaient. Le sabre haut, je fonçai sur le serpent ; mais déjà Texidor m'avait devancé. Je le vis décharger à toute volée un coup du sabre qu'il maniait avec tant d'adresse et de force, sur la tête du boa. La hideuse bête fut atteinte en plein. De son crâne, brisé, entr'ouvert, la cervelle jaillit au milieu d'une large tache d'un sang épais et noir. Elle était blessée à mort, mais non foudroyée.

J'arrivais à ce moment et, ne pouvant frapper plus haut, de crainte de blesser Couppé, je m'acharnai contre l'extrémité de la queue, qui frétillait sur le sol. D'un seul coup je la tranchai à un endroit où elle était encore plus grosse que la jambe d'un adulte. Le boa, séparé ainsi en trois tronçons, car d'un second revers de sabre Texidor avait fait tomber la tête, vivait encore dans chacun de ses fragments ; la partie médiane surtout continuait ses formidables spasmes. Enfin les contorsions diminuèrent, les anneaux s'enroulèrent et se déroulèrent une dernière fois, et le constrictor s'allongea presque rectiligne dans un mouvement brusque. A côté de lui s'écroulait le corps désenlacé de Couppé. Il avait les yeux grands ouverts et les lèvres violettes. Nous l'appelâmes ; il ne répondit pas... Il était mort.

La soudaineté de la catastrophe nous laissait stupides. Quoi! mort, étouffé, asphyxié en quelques secondes, ce grand garçon solide et vigoureux, si plein de santé et de forces une minute auparavant? Ses membres ne portaient pas trace de blessures apparentes, ses côtes n'étaient même pas brisées, et pourtant son cœur ne battait plus. Son souffle était arrêté, tandis que les orbes du grand corps blanc marbré du constrictor frémissaient encore dans l'herbe, comme si elles eussent cherché à se rejoindre.

En vain essayâmes-nous d'insuffler de l'air dans les poumons de notre malheureux ami, de lui frictionner les extrémités, de le saigner même à la veine du bras. Tous nos soins furent inutiles, Couppé était mort.

Alors nous nous regardâmes avec une immense consternation. La fatalité était sur nos têtes. Hier Cubisolles, aujourd'hui Couppé ; demain lequel des trois survivants quitterait les autres?

En détournant les yeux, nous aperçûmes Mauléon qui, à vingt pas de nous, pâle comme un linge et les genoux entrechoqués d'un tremblement nerveux, contemplait la scène sans oser approcher.

« Allons, viens, lui dit Texidor; tu vois bien que le boa est tué.»

Il répondit entre deux claquements de dents :

« Il y en a peut-être un autre ! »

Cependant comme, somme toute, il risquait moins les attaques de l'*autre* en se rapprochant de nous qu'en se tenant éloigné, il prit le parti d'avancer.

Cette fois, nous ne songeâmes même pas à lui reprocher sa pusillanimité. D'ailleurs, à quoi cela eût-il servi?

Le plus pressé était de donner la sépulture au pauvre Couppé, si nous ne voulions pas que son cadavre devînt la proie des rapaces de la forêt; mais l'accomplissement de ce devoir impérieux n'allait pas sans grandes difficultés.

Nous ne pouvions transporter le cadavre bien loin dans des parages aussi peu sûrs, et à l'endroit même où le malheur s'était accompli le sol était si dur, si enchevêtré de racines, que nous nous trouvions dans l'impossibilité d'y creuser un trou avec le seul secours des sabres. Après plusieurs essais infructueux nous nous résignâmes à déposer le corps dans une petite dépression de terrain et à accumuler au-dessus un monceau de branches sèches et des mottes de gazon.

Triste tombeau, que le premier orage un peu violent devait éparpiller! Hélas! nous ne pouvions pas faire mieux, sans quoi nous l'eussions fait de bon cœur.

Dès que l'inhumation fut terminée, nous ne songeâmes plus qu'à nous éloigner de cette place funeste. Mauléon, qui avait repris l'usage de ses sens, s'était payé d'audace jusqu'à aller mesurer de ses bras les fragments dûment immobilisés du reptile. Il nous apprit ainsi que le boa devait avoir entre dix et douze mètres de longueur.

A deux ou trois kilomètres de là on s'arrêta pour bivouaquer, et à l'issue de notre maigre repas, composé de quelques poignées de riz que nous n'eûmes même pas le courage de faire cuire, et qu'on mangea trempé dans de l'eau froide, nous nous partageâmes l'héritage du mort. Comme on l'avait enseveli avec ses habits, cet héritage se bornait à une montre de nickel qui me fut dévolue, un sabre qui échut à Texidor, et une soixantaine de francs en pièces d'argent que nous abandonnâmes à Mauléon. C'était la meilleure part ; mais nous préférions les autres objets, que nous espérions garder en guise de souvenir.

La nuit fut d'une tristesse morne. Malgré notre épuisement, les commotions nerveuses de la journée avaient été si intenses, que le sommeil fuyait obstinément nos paupières, et pour ajouter à notre consternation nous ne cessâmes d'entendre gémir à nos côtés, tantôt à droite, tantôt à gauche, ces voix mystérieuses de la forêt dont les hululements ont fait frissonner tous les voyageurs des Guyanes. On se perd en conjectures sur l'origine de ces plaintes à accents humains. On ne connaît ni oiseau de nuit ni bêtes nocturnes à qui elles puissent s'attribuer, et pourtant elles existent, je le jure, moi centième, ne serait-ce que pour en avoir tant été impressionné cette nuit-là.

Quand on interroge un Indien au sujet de ces gémissements, il se borne à répondre :

« C'est la montagne de Yolock qui pleure !... Mauvais présage ! »

Et l'on n'en peut tirer rien de plus.

Pour nous, Yolock, l'esprit du mal, avait pleuré une fois les présages accomplis, à moins qu'il ne voulût nous avertir de la cruauté des destins tout proches qui nous attendaient encore.

Texidor, qui s'était levé de sa couche de feuilles sèches, s'approcha du sac sur lequel reposait ma tête et me dit tout bas, de manière à ne point être entendu de Mauléon :

« Ami, je sens que je vais avoir de nouveau un violent accès de fièvre ; depuis le passage de la savane tremblante, la quinine n'opère plus sur moi. Cela tient sans doute à ce que mes forces sont à bout. J'avais trop présumé de moi en entreprenant ce voyage surhumain. L'heure s'avance où tu seras forcé de m'abandonner, et je désire que cela soit au premier village indigène que nous rencontrerons.

154 L'ÉVADÉ DE LA GUYANE

— Moi! interrompis-je tout indigné, t'abandonner? l'as-tu pu croire? Penses-tu que, sauvé par toi de la griffe du jaguar, je consentirais, même si on m'offrait demain la fin de mes peines, le retour en France, que sais-je encore! à te quitter d'un pas? Non, tant que la mort ne nous aura pas séparés, notre fortune est commune. Texidor, pour qui me prends-tu de douter ainsi de moi?

— Écoute, reprit-il avec douceur, je crois à ton amitié et à ton dévouement, et la preuve c'est que je vais te demander un dernier service que toi seul peux me rendre. Mes jours sont comptés, je le sens,... j'en suis sûr. Yolock me le répète dans l'ombre avec ses gémissements. Oh! ne crois pas que ce soit sous l'empire d'une crainte superstitieuse que je parle ainsi. Tiens, mets ta main sur ma poitrine; jamais mon cœur n'a battu avec plus de calme. Je veux dire seulement que j'ai le pressentiment très net de ma fin prochaine, et en aucune circonstance mes pressentiments ne m'ont trompé.

« Donc je mourrai sous peu de la fièvre qui me mine. Quand je serai mort, tu m'enterreras un peu plus profondément et un peu plus chrétiennement que Couppé, si cela est possible; mais avant tu découdras le col de ma vareuse, et tu trouveras dans le pli un petit paquet soigneusement enveloppé de parchemin. Sur le parchemin tu liras deux noms, celui d'un homme, le mien, que personne ne connaît ici, car je me suis fait condamner sous un faux état-civil; puis celui d'une femme auquel est jointe une adresse. Dans le paquet, rien autre qu'une boucle blonde, des cheveux d'enfant. Tu couperas aussi une mèche de mes cheveux, et tu les mettras à côté de la boucle blonde; puis sous mon nom tu inscriras : « Mort, tel jour, en pensant à vous. » Jure-moi, mon cher Olivier, que lorsque tu te sentiras en sûreté, tu feras parvenir le tout à la personne dont l'adresse te sera connue et qu'ensuite tu oublieras son nom, ou tout au moins ne le révéleras jamais à âme qui vive. »

En écoutant ces confidences, les larmes me mouillaient les yeux. C'était donc bien vrai que mon unique ami sentait le vent de la mort, pour que le secret si profondément enfoui dans son cœur lui remontât aux lèvres. Je passai mon bras autour de son cou, et l'embrassant comme un frère :

« Je te jure, lui dis-je en étouffant un sanglot, que tes volontés seront faites, si je suis moi-même épargné. Mais pourquoi te plais-tu à me désoler, alors que nous pouvons espérer sortir tous deux de cet enfer ? Du courage ! et tu iras porter toi-même un jour la boucle blonde à la femme que tu aimes. »

Il répondit avec un triste sourire et sur un ton de plaintive ironie :

« Yolock ! Yolock ! »

Puis presque aussitôt il ajouta :

« Assez sur ce sujet, cher Olivier, j'en ai déjà trop dit. J'ai ta parole, elle me permettra de m'en aller tranquille. Maintenant tâchons de dormir. Que penserait-on de nous, Seigneur Dieu ! si l'on voyait deux relégués s'embrasser ainsi en pleurant comme des enfants perdus dans un bois ! »

Et il s'allongea à mes côtés sur la terre. Pourtant il laissa sa main dans la mienne, et nos doigts restèrent unis. Mais une heure ne s'était point écoulée, que je sentis sa peau devenir brûlante, et l'accès de fièvre se déclara avec une violence extrême.

CHAPITRE X

ICI REPOSE UN CHRÉTIEN

Le jour suivant, Texidor était si débile, qu'il put à peine se mettre sur ses jambes. Mauléon et moi, nous dûmes le prendre chacun sous un bras pour qu'il fût capable de commencer l'étape. C'était pitié de lui demander de marcher dans cet état d'épuisement ; mais tout valait mieux que de rester davantage dans cette partie de la forêt. Et puis la crainte de la famine augmentait d'instant en instant.

Il était désormais certain que notre faible provision de riz, accrue des deux ou trois kilogrammes recueillis dans le sac de Couppé, ne serait pas suffisante pour nous alimenter jusqu'à la première plantation européenne. De toute nécessité nous devions tâcher de gagner quelque village indigène, où nous nous reposerions d'abord, où nous nous ravitaillerions ensuite, emportant la quantité de cassave nécessaire pour la seconde partie du voyage.

Vous savez que la cassave est de la farine de manioc, pressée, égouttée, passée au tamis, puis desséchée sur une plaque de terre

sous laquelle on a allumé un feu doux. Cette farine prend rapidement
sans eau et forme une galette blanche, tendre le premier jour, mais
qui durcit ensuite et qui peut se conserver deux ou trois semaines.
C'est le pain national de tous les indigènes de la Guyane, comme le
cachiri est leur boisson universelle. Le cachiri se fait avec des galettes
de cassave, que l'on met toutes chaudes dans un vase contenant de
l'eau froide et qu'on émiette à la main. Au bout de deux ou trois
heures, le liquide épais est en voie de fermentation. On le passe alors
au tamis, et on peut le consommer sans plus attendre. Le premier
jour il est un peu fade et donne l'impression d'une tisane; mais ensuite
il va s'acidulant et ressemble vaguement à de la bière légère. Les
Indiens arrivent à s'enivrer avec du cachiri en en buvant de grandes
quantités.

Notre ambition n'allait pas jusqu'à trouver du cachiri, que d'ailleurs nous n'aurions pas pu emporter. Mais nous espérions bien
acheter autant de cassave qu'il nous en faudrait : l'argent ne nous
manquait pas, et les tribus aussi voisines de la côte en connaissent
la valeur.

Nous obliquâmes donc notre marche dans la direction du sud,
pensant avec raison que les agglomérations de nègres ou de peaux-
rouges devaient plutôt se trouver dans les parties hautes de la forêt
que dans les bas-fonds, où la fièvre tue indistinctement tous les
hommes, en dépit de leur origine ou de la couleur de leur peau.

Notre exode était lamentable. Après avoir cheminé un peu, Texidor
reprit cependant quelque force et put se passer de l'appui de nos
bras; mais il ne pouvait songer à manier le sabre d'abatis, et je dus
pendant tout le jour travailler pour lui et pour moi.

Vers le soir, nous comprîmes que notre persévérance allait être
couronnée de succès. Nous découvrîmes un arbre coupé à la hache

qui indiquait que des êtres humains avaient passé par là ; bientôt nous tombâmes dans un petit sentier frayé, qui nous conduisit à une clairière où une vingtaine de huttes carrées, recouvertes de feuilles de palmier, formaient une circonférence irrégulière autour d'une sorte de place publique.

C'était un village youcas, ainsi que l'indiquait la forme des habitations, fermées de tous les côtés et dans lesquelles on ne pouvait pénétrer que par une ouverture étroite et très basse fermée par une porte à loquet.

Mauléon nous fit remarquer, à côté des maisons, des calebasses coupées en deux et placées sur un trépied en bois élevé à un mètre du sol.

« Elles contiennent, nous dit-il, une décoction d'herbes cuites à l'eau, à laquelle les nègres prêtent toutes sortes de propriétés magiques ; ils s'en servent pour asperger les murs de leurs huttes et en éloigner les serpents durant le jour, les mauvais esprits pendant la nuit. Les jeunes filles boivent aussi l'eau fétiche pour se faire aimer. Faisant vis-à-vis aux récipients sacrés, regardez ces petits bâtons fichés en terre qui portent à leur extrémité supérieure un mince lambeau d'étoffe. C'est un fragment du pagne des ancêtres qu'on doit arroser de bouillon d'herbes, le plus souvent possible, pour empêcher les voleurs de s'introduire dans les cases. Mais les chiffons ont l'air d'être secs, et les calebasses paraissent vides ; de plus les alentours du village semblent déserts, la prospérité ne doit pas régner par ici. »

En effet, on n'apercevait qu'un seul nègre déjà âgé, qui, accroupi sur le sol, était en train de raser soigneusement, au juger, avec un tesson de bouteille, le peu de barbe qu'il possédait.

Mauléon prouvait par ses paroles qu'il était fort au courant des mœurs des Youcas. Il nous montra aussi qu'il possédait parfaitement leur dialecte ; car, se dirigeant vers le vieux nègre, il entama sur-le-champ avec lui une conversation à l'issue de laquelle celui-ci entra dans sa hutte pour en ressortir tenant d'une main une canne à pomme de métal, de l'autre un rouleau de papier graisseux. Il avait jeté sur ses épaules, mais sans passer les manches, une sorte de veste à boutons de cuivre qui avait pu jadis faire partie d'un uniforme. Nous nous étions rapprochés, tandis qu'à la porte des cases commençaient à se montrer quelques têtes de négresses et de négrillons.

Un seul nègre, déjà âgé, était en train de raser soigneusement le peu de barbe qu'il possédait.

Je savais assez de mots du langage boni, qui est à peu de chose près semblable à celui des Youcas, pour suivre la conversation. Le nègres montrait les insignes qu'il venait d'aller chercher, pour prouver qu'il était capitaine de son village, investi de son autorité par le gouvernement de Surinam. Il existe douze capitaines pour la tribu des Youcas, relevant de l'autorité d'un chef général, le grand man, lequel est, à proprement parler, seul responsable des faits et gestes de ses compatriotes vis-à-vis de l'autorité hollandaise. Les autres capitaines ne sont que des subordonnés, et leur pouvoir ne va pas loin. Néanmoins ils doivent être agréés par l'administration et sont assujettis, à l'époque de leur nomination, à un voyage à la capitale, où on leur remet la canne, l'uniforme et le fameux diplôme, que pas un, bien entendu, ne serait capable de lire.

Mauléon expliquait de son côté que nous étions d'honnêtes travailleurs, embauchés dans une plantation des environs de Surinam, où l'on nous « attendait ». Seulement nous étions égarés en route, et l'un de nous était tombé gravement malade. Nous demandions donc l'hospitalité pour quelques jours, puis plus tard des indications pour nous remettre dans le bon chemin. Nous payerions même un guide pour nous accompagner un jour ou deux.

Cette histoire à dormir debout, contée à tout autre qu'à un nègre à cervelle obtuse, n'aurait pas obtenu une seule minute de créance. Peut-être même Mumuche, — ainsi s'appelait le capitaine, — n'en crut-il pas un traître mot. Mais il semblait beaucoup plus soucieux d'éviter notre séjour dans le village que de s'enquérir de nos faits et gestes.

La raison qu'il en donna était plausible.

L'année précédente la tribu, à l'occasion de diverses fêtes, avait fait de nombreux cachiris, qui épuisèrent tout le manioc disponible; puis une longue sécheresse, compliquée d'une invasion d'insectes rongeurs, compromit la récolte suivante. A présent c'était la disette, l'absolue disette. Plus de cassave: le maïs, les bananes, les ignames, les giraumons, avaient disparu à tour de rôle, et les Youcas en étaient réduits à manger des choux palmistes, des graines de la forêt, des fourmis, des petits crapauds.

Nous pûmes constater de nos yeux les effets de la famine sur les administrés de Mumuche; car, s'enhardissant, plusieurs d'entre eux étaient sortis de leurs cases pour venir nous regarder curieusement. Ces pauvres diables avaient des yeux caves et tirés, des corps émaciés, et les nourrissons eux-mêmes, pendus aux seins taris de leurs mères, faisaient peine à voir. Il n'y avait pas jusqu'aux chiens, à l'échine décharnée, aux côtes perçant la peau, qui ne fussent un lamentable poème de misère. Il fallait toute l'adoration que les indigènes professent envers ces animaux pour que leur carcasse n'eût pas déjà été bouillie dans une marmite. Encore probablement leurs derniers instants étaient-ils comptés.

A ce régime, les hommes valides avaient perdu la force de chasser et de pêcher, et l'inanition s'en augmentait d'autant. Couchés sur la terre battue de leurs huttes, au milieu de leur famille affamée, la plupart souffraient de maladies diverses et surtout de l'inévitable fièvre, résultat de ces privations prolongées. Dans ces conditions, on conçoit que le capitaine fût peu pressé de voir trois nouveaux indigents venir réclamer aide et assistance.

Cependant, comme il lui fut déclaré que nous ne ferions point pour l'heure un pas de plus, à moins qu'on ne nous y contraignît par la violence, il pensa sans doute qu'il se mettrait dans un mauvais cas en agissant avec trop de brutalité envers des Européens qui étaient peut-être protégés par leurs frères. Ah! s'il avait su!... Et d'un geste découragé il nous indiqua pour demeure une case abandonnée, laquelle, en des temps meilleurs, servait de maison des hôtes.

Nous nous y réfugiâmes à la nuit tombante, et Texidor s'y laissa tomber sur le sol tout couvert de vermine, sans force contre un nouvel accès pernicieux dont la violence le faisait déjà délirer.

J'arrangeai de mon mieux nos sacs de campement et le peu de hardes dont nous disposions pour organiser une couche sommaire à mon malheureux camarade, me promettant d'aller dès le lendemain matin chercher des mousses sèches dans la forêt afin de lui procurer un lit plus moelleux.

Comme j'achevais ces préparatifs, un jeune négrillon nous apporta de la part de Mumuche un vase de terre contenant quelques poissons bouillis. Nous les dévorâmes avec avidité, sauf le malade, qui, en proie à la fièvre, ne put prendre part à cette aubaine inattendue.

La nuit fut abominable. Nous étions à l'abri des fauves, mais littéralement dévorés par des myriades d'insectes malfaisants, moustiques, gules, chiques, scorpions, qui avaient pullulé là, dans l'abandon de cette chaumine délabrée, et se trouvaient troublés dans leur retraite.

Sans la nécessité de veiller Texidor, pour lui donner à boire, j'aurais imité Mauléon, qui, devant l'armée des ennemis, avait battu en retraite et était allé se coucher en plein air sur la place publique.

A un certain moment comme je m'assoupissais tout de même, vaincu par la fatigue, mes yeux, dans un papillotement, crurent distinguer une bête velue et hideuse qui montait le long de la manche de mon compagnon et se dirigeait sur son visage. Je me dressai, et, m'approchant, je reconnus, à la lueur du foyer à demi éteint, un des plus malfaisants insectes de la Guyane, l'araignée-crabe.

Le corps de ce monstre, qui atteint jusqu'à huit pouces de diamètre, est composé de deux parties distinctes, également couvertes de poils, d'où partent cinq paires de pattes à quatre articulations. Ces pattes sont armées d'une griffe jaune et crochue. De la tête sortent deux pinces recourbées en dedans, comme celles d'un crabe, et qui servent à déchirer la proie. La morsure de l'araignée-crabe entraîne une partie des accidents produits par celle des reptiles venimeux. Le seul contact de ses poils occasionne à la peau une brûlure pareille aux piqûres de l'ortie.

Je n'eus que le temps de faire tomber d'un revers de main cette bête dégoûtante sur le sol et de l'y écraser sous mes pieds. Son corps éclata avec le bruit mou d'un sac gonflé qui se déchire.

Mais c'en était trop. Las de lutter contre la vermine, je pris Texidor entre mes bras et le portai sur le seuil de la case, où la nuit s'acheva sans autre persécution que celle des maringouins.

Une semaine se passa dans ce village désolé, pendant laquelle le patient ne sortit d'un accès de fièvre que pour tomber dans un autre. Il s'affaiblissait de plus en plus à chaque secousse, et déjà je ne conservais plus d'espoir de le sauver. Lui-même ne se faisait aucune illusion sur le sort qui l'attendait.

Pourtant, dans ses intervalles de lucidité d'esprit, il ne revint pas sur les confidences qu'il avait commencé à me faire. Sans doute il estimait m'en avoir assez dit et croyait, à juste titre, que ses recommandations ne sauraient sortir de ma mémoire.

La difficulté de se procurer des vivres croissait aussi avec les heures. Le cadeau de Mumuche ne se renouvela pas. Mauléon se mit à faire du commerce avec les Youcas et à tenter de prélever, par l'appât d'échanges avantageux, une dîme sur leur pauvreté.

Nous sacrifiâmes ainsi, pour quelques poignées de manioc, le

sabre du grand Couppé, puis nos chemises, puis nos couteaux de
poche. Notre argent était dédaigné, les acheteurs pensant peut-être
qu'ils n'auraient pas le temps d'en jouir. Tous les matins Mumuche se
présentait à la porte de la hutte, que j'avais désinfectée tant bien que

Je reconnus, à la lueur du foyer à demi éteint, un des plus malfaisants insectes
de la Guyane, l'araignée-crabe.

mal, et me demandait si nous comptions partir dans la journée. Pour
toute réponse je me bornais à lui montrer du doigt le moribond
sur son grabat de mousse. Il comprenait, et se retirait sans
insister.

La neuvième nuit après notre arrivée au village, assis comme de
coutume aux côtés de Texidor, je tenais entre mes mains son poignet
amaigri, pour épier la fin de son accès, qui m'avait paru moins fort

que la veille, quand je constatai que la sueur ne perlait plus sur sa peau et qu'aucune réaction n'avait lieu. Le membre se raidissait en se refroidissant. J'appelai mon cher camarade. Un faible serrement de doigts me répondit, et j'entendis passer comme un souffle ces seuls mots :

« C'est fini ! adieu !... »

Je mis la main sur sa poitrine : le cœur ne battait plus. Texidor avait cessé de souffrir.

Le croirait-on ? cette catastrophe qui me privait du seul être que j'aimasse au monde ne m'arracha pas un cri de douleur, pas une larme. L'unique pensée qui me vint en ce moment fut que Texidor était plus heureux que moi, puisque ses peines étaient finies et qu'à son heure dernière il avait pu serrer une main fraternelle.

Moi, je restais bien seul, ne pouvant espérer aucune communauté d'âme avec Mauléon, dont le caractère ne m'inspirait que répulsion et qui, à cette heure où l'un de nous expirait, dormait indifférent à l'autre bout du village, le plus loin possible d'un spectacle qui, disait-il, affectait trop sa « sensibilité ».

Au matin, aidé des nègres, je creusai une grande fosse au pied d'un arbre à encens, et j'y ensevelis, après l'avoir embrassé une dernière fois, celui qu'on avait appelé à la Guyane, de ce nom bizarre, Texidor. Avec la pointe de mon sabre je gravai dans l'écorce de l'arbre une croix grossière, puis les initiales du véritable nom de mon ami que son parchemin m'avait révélé : H. J. C. Enfin une date, 1895.

Je puis bien vous dire, à vous, mon avocat, qui était Texidor, car c'est le nom seul de la femme de France que j'ai juré de taire.

Il s'appelait Henri-Joseph de Chavenay.

« Pourquoi, observa Mauléon, inscris-tu ces trois lettres, H. J. C.

sur l'écorce, au lieu d'un T? C'est pour dérouter en cas d'enquête, n'est-ce pas?

— Non, lui répondis-je, c'est un monogramme : *Hic jacet christianus.*

« Cela veut dire : Ici repose un chrétien. »

L'explication lui suffit.

Une heure après, guidés par deux nègres que Mumuche avait désignés, nous prenions la route de l'ouest. Les Youcas devaient nous conduire sur les bords du Cottica jusqu'à une tribu de Gallibis, laquelle à son tour nous indiquerait le chemin des premières plantations hollandaises.

CHAPITRE XI

LA TRAHISON DE MAULÉON

Nous n'emportions que très peu de vivres. L'abondance, au dire des nègres, nous attendait chez les Gallibis. Nos guides même devaient chasser en route; par conséquent nous n'avions pas eu à demander aux Youcas une dernière aumône de manioc, qu'ils eussent été bien en peine de nous faire.

Chemin faisant, j'appris d'un des guides, nommé Coffé, que durant son séjour au village, Mauléon avait su mettre à profit ses loisirs. Avec son nez fouinard d'agent d'affaires, il flairait les cases où se recélaient encore quelques rares provisions et déterminait leur possesseur à lui en céder une part, soit par insinuation, soit par menaces. Les achats se payaient sur la masse commune, mais n'arrivaient à la maison des hôtes que lorsque Mauléon en avait consommé ce qui lui convenait, et il avait bon appétit. Ventre affamé n'a pas de sentiments.

D'après les indications de Coffé, nous avions deux jours de marche

à faire avant d'arriver à une rivière sur laquelle nous trouverions, à
un endroit connu de lui, une pirogue appartenant aux gens de sa
tribu. Nous embarquerions et parviendrions en quelques heures au
confluent de ce cours d'eau avec le Cottica. Une fois sur le Cottica,
une seule journée de navigation nous conduirait au village gallibi situé
sur le bord de l'eau et commandé par un chef appelé Ouarapouroutou.
Tout cela paraissait bien réglé, et l'espoir commençait à renaître en
mon cœur. J'essayai de secouer le poids de la tristesse que m'occa-
sionnait le souvenir de la mort du pauvre Texidor, et, me rappelant
qu'il me restait une mission à accomplir pour lui, je résoulus de
reprendre courage, de recommencer la lutte sans défaillance.

La marche, ce jour-là, fut pénible à cause de l'excès de la chaleur, et, quand vint le soir, aucune brise ne se leva pour nous
apporter quelque soulagement. Pas un souffle d'air. La lune à son
premier quartier disparaissait derrière un écran de nuages roux
immobiles. Nous campâmes dans une assez vaste clairière dont le
centre était occupé par un seul arbre aux branches horizontales, fort
majestueux dans son isolement et pittoresque par la disposition par-
ticulière des lieux. Il nous parut tout indiqué de nous coucher au pied
de cet arbre, d'où nous pouvions, sinon surveiller les alentours,
puisque la nuit était trop épaisse, au moins nous sentir à quelque
distance des surprises de la broussaille. Pourtant les nègres, après
avoir regardé les branches, ne voulurent pas s'asseoir à côté de nous
et préférèrent aller s'allonger un peu plus loin, derrière un simple
buisson. Nous n'y prîmes pas garde et ne songeâmes pas à les interroger à ce sujet. Il était assez naturel qu'ils fissent bande à part.

Depuis le commencement de nos grands malheurs, depuis surtout
que, nos forces ayant diminué, tout travail nous semblait pénible,
nous n'allumions plus de feux la nuit, à moins que nous n'eussions

à redouter sérieusement le voisinage des fauves. Outre que l'abatage des bois, suffisant à l'entretien des foyers, constituait un labeur pesant, il aurait fallu que quelqu'un veillât pour alimenter la flamme, et nous n'étions pas assez nombreux pour nous relayer. Enfin les foyers devenaient le centre de ralliement des moustiques de la contrée. Dans l'ombre on en avait toujours un peu moins. Un autre système consistait, il est vrai, à se mettre en pleine fumée; mais alors on asphyxiait.

Cette nuit moins que toute autre, nous n'étions disposés à joindre à la chaleur étouffante de l'atmosphère la suffocation d'un feu de bois. Nous nous débarrassâmes au contraire de nos vêtements, ne gardant que le pantalon de toile, pour tenter de trouver un peu de fraîcheur; puis nous nous étendîmes sur le dos, cherchant le sommeil.

Depuis longtemps j'avais perdu l'habitude de reposer tranquille. Mes meilleurs sommes étaient toujours entrecoupés de cauchemars, qui me rappelaient brusquement à l'état de veille. Durant ce bivouac, je rêvai que je m'étais assoupi à la porte d'un four qui soufflait sur mon visage une haleine de siroco interrompue à de rares intervalles par de légers coups d'éventail. Ces rapides battements de l'air me procuraient une sensation délicieuse; et dans ma somnolence je me souviens que je cherchais à deviner quelle main invisible me les procurait. A cet effet, je faisais des efforts pour rouvrir les yeux, et en fin de compte, je les rouvris tout de bon. Mais le zéphir intermittent n'était pas un songe; la preuve, c'est qu'il se renouvela deux ou trois fois autour de ma tête, puis au-dessus de ma poitrine.

D'où pouvait venir une brise aussi capricieuse?

Je fixai la clarté pâlotte de la lune, pour voir si les nuages se mouvaient dans le ciel. Ils étaient toujours immobiles : mais entre eux et moi s'agitaient comme des pans d'ombre zigzaguant à quelques pouces de ma tête. Chaque fois que l'un d'eux s'approchait davantage, la sensation de fraîcheur s'accroissait.

D'un geste rapide j'étendis le bras vers l'un de ces lambeaux de ténèbres; ma main toucha quelque chose de velu qui sembla s'enfuir! Je crus à une hallucination et j'allais me rendormir, quand un doute terrible traversa mon esprit.

Sans bruit je me mis à genoux, et, rampant dans la direction où je savais Mauléon couché, je fouillai de l'œil la nuit. Au-dessus de son corps nu jusqu'à la ceinture voletaient les spectres silencieux, tandis qu'une grande tache sombre était déployée sur sa poitrine.

« Mauléon! hurlai-je, Mauléon! réveille-toi, les vampires! »

A mon cri, les chauves-souris s'étaient fondues dans l'ombre, sauf celle qui était collée sur la gorge du dormeur et qui, des huit suçoirs aigus de sa langue, semblables à des ventouses scarifiées, buvait à larges traits le sang du malheureux. Je crus que j'allais pouvoir l'écraser; mais elle se dégagea au moment où j'arrivais sur elle.

« Quoi! qu'y a-t-il? demanda d'une voix mal affermie Mauléon, pourquoi me réveilles-tu? Je dormais si bien!

— Il y a que tu allais passer de vie à trépas sans t'en douter. L'arbre est empesté de vampires, et l'un d'eux te dévorait. Vois donc comme ton sang coule. »

Effectivement, un long filet rouge coulait sur ses flancs jusqu'à terre. La victime ne constata la blessure qu'en y portant les doigts.

Comme je n'avais aucun médicament propre à arrêter l'hémorragie, toute ma pharmacie se réduisant à une provision de quinine déjà fortement entamée, nous appelâmes les nègres à notre secours. L'un d'eux, en tâtonnant parmi les broussailles, ramassa quelques

« Mauléon! hurlai-je, Mauléon! réveille-toi! les vampires. »

feuilles qu'il mâcha, puis qu'il appliqua sur la plaie en les recouvrant
d'autres feuilles plus larges, d'une espèce différente. Je ne sais
quelles étaient ces plantes, mais leur effet fut aussi rapide et aussi
efficace qu'une application de perchlorure de fer.

Après une pareille alerte, nul n'eut envie de chercher de nouveau
le sommeil dans des parages aussi tristement hantés, et, sans même
attendre le jour, nous nous éloignâmes autant que possible de l'arbre
qui servait de repaire aux chauves-souris vampires. Le Youcas Coffé
m'apprit alors que c'était par crainte de l'accident qui précisément
nous était arrivé, que l'autre Youcas et lui étaient allés se terrer sous
un buisson.

Autre journée de marche pesante, autre nuit pleine d'inquiétudes.
Cependant, instruits par l'expérience, nous faisons du feu et veillons
à tour de rôle, les nègres consentant à prendre leur tour de garde.

Le lendemain matin, dans une crique et sous un rideau de lianes,
nous trouvons la pirogue annoncée. Elle est vermoulue, étroite, les
bordages incapables de supporter les avirons. N'importe : en nous
serrant un peu, nous y tiendrons tous les quatre, et nos guides
pagayeront à leur guise. Ils doivent toucher chacun quatre pièces
de cinq francs pour salaire de leurs peines quand nous serons arrivés
au village d'Ouarapouroutou.

Voici qu'au moment d'embarquer, nos Youcas font des difficultés
au sujet du règlement de leur paye. On doit les solder d'avance,
autrement ils n'iront pas plus loin.

Cette confiance ne nous honore pas. Malheureusement nous n'a-
vons rien fait pour mériter la confiance de personne, même celle
d'une couple de nègres. Pour abréger la palabre qui menace de s'é-
terniser, nous prenons le parti de faire droit aux exigences de Coffé
et de son acolyte.

Nous voici au fil de l'eau. C'est la première étape que nous ferons avec aussi peu de fatigue ; je m'accote comme je puis dans la pirogue, Mauléon met sa tête sur mes genoux, et nous nous endormons un peu après avoir gagné le confluent du Cottica.

Quand nous nous réveillons, la pirogue est arrêtée à la jonction d'une autre petite rivière. Les nègres nous expliquent qu'ils désirent la remonter, afin de chasser quelque gibier pour notre nourriture de la journée. Seulement il faut que nous descendions pour rendre l'embarcation plus légère. Je n'y vois aucun obstacle. Le ruisseau s'enfonce dans les terres et ne peut être navigable sur une grande étendue. Forcément, nos guides seront bientôt de retour.

Nous débarquons donc, et nous attendons. Deux heures, trois heures, quatre heures se passent, et les chasseurs ne reviennent point. Qu'ont-ils pu devenir ?

L'idée nous vint de suivre à notre tour, à pied, le bord du ruisseau en appelant à haute voix de temps à autre.

Au bout d'un kilomètre ou deux de marche, nous nous arrêtons consternés tous deux. Le prétendu ruisseau allait rejoindre le Cottica ; c'était un petit bras de ce fleuve. Nos guides avaient fui par là avec la pirogue et l'argent qu'ils nous avaient extorqué le matin.

Devant ce nouveau malheur, Mauléon se mit à pleurer comme un enfant. Il se jeta par terre en gémissant qu'il n'irait pas plus loin, qu'il allait se pendre avec sa ceinture à l'arbre le plus voisin.

« Poule mouillée! lui dis-je, qu'est-ce que le contre-temps d'aujourd'hui au prix des épreuves que nous avons déjà traversées ? Comment! c'est au moment où nous avons atteint le Cottica et où nous ne pouvons plus nous tromper de route que tu parles de lâcher la partie! Que nous reste-t-il à faire ? à nous laisser porter par le courant jusqu'à la tribu d'Ouarapouroutou. La pirogue nous manque,

eh bien, nous construirons un radeau! Il ne le faut ni bien grand ni
très solide pour porter deux hommes.

— Je n'ai plus la force de travailler, interrompit-il en pleur-
nichant.

— Soit, je le construirai tout seul. Quand il sera fait, tu auras
bien la force de monter dessus, je pense? Pour ce soir, retournons
à l'endroit d'où nous venons. Demain, dès l'aube, je me mettrai à
la besogne. »

Il me suivit comme un chien battu et ne répliqua plus rien.

Ainsi que je l'avais promis, dès le lendemain je remontai de nouveau le petit bras du fleuve en cherchant sur les bords les matériaux
propres à mon travail, et une anse assez peu profonde pour mettre à
flot le radeau sans avoir de l'eau plus haut que le genou ou la ceinture. Mauléon, se prétendant impotent, était resté à la garde des sacs
et de notre pauvre attirail. De fait il se trouvait fort affaibli
depuis la perte de sang que lui avait occasionnée la succion du
vampire.

Je besognai avec tant d'énergie, qu'en cette seule journée tous
les bois nécessaires furent coupés. Le jour suivant je les assemble-
rais, et nous pourrions partir avec fort peu de retard. Je me hâte
d'aller porter cette bonne nouvelle à Mauléon.

Arrivé à l'endroit où je l'avais laissé, je trouve la place vide.
J'appelle, je crie à tue-tête : aucune réponse. Alors je cours au pied
de l'arbre où nous avions, le matin, déposé les sacs. Ils n'y étaient
plus.

Le misérable Mauléon s'était enfui, comme les nègres, mais cent
fois plus lâchement, parce qu'il abandonnait le compagnon qui lui
avait deux fois sauvé la vie, et qu'il désertait en le volant, en lui
enlevant tout moyen de se sauver à son tour. Le bandit ne m'avait

12

pas laissé une poignée de riz,... non, rien! pas même la marmite dans laquelle nous faisions cuire nos aliments de hasard. Il me condamnait à mort, et quelle mort!

Je serrai convulsivement la poignée de mon sabre d'abatis, le seul bien qui me restât. Ah! si le traître eût été à ma portée, je crois que je l'aurais tué comme un chien enragé.

Il ne me fut pas difficile de deviner grâce à quelle circonstance Mauléon avait pu mettre à exécution sa traîtrise. Assis sur la rive du fleuve, il avait aperçu et hélé une pirogue qui montait ou descendait, s'était fait admettre à bord en emportant la caisse,... une vieille habitude! Je voyais encore les herbes foulées à l'endroit où l'embarcation avait accosté, et, sur le sol boueux du rivage, la trace des pieds nus des bateliers nègres ou peaux-rouges.

Allais-je, à mon tour, me laisser abattre par ce coup du sort, moi qui hier prêchais l'énergie? Non, cent fois non. Le village gallibi n'était qu'à une journée de navigation. Eh bien! j'achèverais mon radeau, et j'irais. Si Mauléon se trouvait par là, malheur à lui! Nous avions un terrible compte à régler ensemble.

CHAPITRE XII

LA LIE DU CALICE

Je comptais arriver au bout d'un jour chez les Indiens. Il m'en fallut trois.

Mes forces, en effet, déclinaient à vue d'œil, et mon radeau mal construit dérivait lentement au fil d'un courant peu rapide. De plus, j'étais obligé de m'arrêter chaque fois que la faim se faisait sentir trop impérieuse, afin de chercher sur les rives quelque aliment végétal pour la tromper. Depuis l'abandon de Mauléon, je ne me nourrissais plus que de choux-maripas, que je rôtissais sur la cendre, ayant encore heureusement les moyens de faire du feu, grâce à une douzaine d'allumettes restées dans ma poche. Le reste de la provision se trouvait dans mon sac disparu, avec la quinine, et je me disais :

« Plaise au Ciel que je ne tombe pas malade! maintenant je n'aurais plus aucun moyen de lutter contre la fièvre. »

Lors même que la manœuvre du radeau m'eût permis de naviguer

plus vite, je n'en aurais pas profité, car il me fallait inspecter minutieusement les deux bords du fleuve afin de ne pas filer devant le
village sans l'apercevoir. Il était probable qu'il se cachait derrière
l'épaisseur des arbres et qu'un dégrad de peu d'importance en signalait seul les abords. J'allais donc, le regard alternativement tendu
à droite et à gauche, inspectant avec soin les moindres détails du
rivage.

Le troisième jour, parvenu à une anse du fleuve, je vis un toit
conique de carbet dans la perspective d'une trouée de verdure. Ce
devait être là. Effectivement, après avoir dépassé le coude,
j'aperçus huit ou dix pirogues amarrées dans une sorte de petit port
naturel.

Je pagayai dans cette direction et sautai à terre. Les premières
cases se trouvaient à une centaine de mètres de là. J'y courus.

Elles étaient vides.

Les habitants seraient-ils partis pour quelque expédition de
chasse? En ce cas, les vieillards, les femmes, les enfants seraient
restés.

La population aurait-elle émigré après avoir épuisé les ressources
de son abatis et pour chercher des terres plus fertiles? Mais alors on
n'eût point oublié les pirogues.

J'en étais là de mes réflexions, quand se présenta à moi un large
sentier qui menait au gros du village dont ces premières habitations
formaient le faubourg, en tant que ce terme puisse s'appliquer à une
agglomération totale de cinquante à soixante cahutes. A ma rencontre
venait un groupe nombreux de Gallibis armés de lances, de sarba-
canes à flèches, et au milieu d'eux, gesticulant, paraissant les com-
mander,... le traître Mauléon.

A cette vue, mon sang ne fit qu'un tour.

« A nous deux! » lui criai-je.

Et sans songer qu'il se trouvait environné de toute une troupe de gardes du corps, je m'élançai dans sa direction.

Mais à peine avais-je fait deux pas, que je me sentis saisi par

Les premières cases se trouvaient à une centaine de mètres de là. J'y courus,
elles étaient vides.

la ceinture et par les jambes. Les Indiens cachés dans la lisière du sentier m'avaient happé au vol. En un clin d'œil je fus réduit à l'impuissance, les pieds et les mains garrottés.

De loin, Mauléon encourageait du geste. Il semblait dire à ceux qui l'entouraient :

« Hein! je vous avais prévenus; vous voyez! »

On me conduisit, ou plutôt on me jeta entre les quatre murs de la maison des hôtes, transformée pour la circonstance en prison, et on m'y laissa jusqu'au soir abandonné à mes réflexions. J'étais très inquiet sur mon sort, me demandant si ces Gallibis n'allaient pas, à l'instigation de mon ennemi, se débarrasser de moi par quelque exécution sommaire. Je ne connaissais rien de leurs mœurs et très peu de leur langage, que parlait presque couramment ce scélérat de Mauléon. Il avait usé de cette faculté, ainsi que je l'appris plus tard, pour me représenter à ces Indiens comme une sorte de fou furieux, extrêmement dangereux, que lui-même avait été obligé de fuir, par souci de sa conservation, et qui ne manquerait pas de se signaler par des meurtres si on ne le réduisait pas à l'impuissance dès qu'il se présenterait.

A la tombée de la nuit un des hommes de la tribu vint me délier les bras et m'apporter du riz bouilli et des poissons, que je dévorai avec avidité. Il me fit comprendre que je ne devais pas chercher à sortir de ma prison sous peine de mort, mais que si j'étais pacifique et tranquille, on me mettrait prochainement en liberté.

Je n'avais aucune idée de révolte ni de fuite immédiate. Dans l'état de pénurie où je me trouvais, je n'aurais pu aller bien loin sans être repris, et d'autre part j'avais tellement souffert de la faim, que la perspective de manger du riz bouilli à mon appétit était suffisante pour me rendre docile comme un agneau.

Le lendemain, le même Gallibi m'apporta de nouvelles provisions. Cette fois il me délia les jambes et me permit de marcher, mais sans franchir la porte. Il m'expliqua que Mauléon était parti la veille en pirogue, avec des guides qui le conduisaient jusqu'à la première plantation hollandaise. Moi-même je serais libéré dans vingt-quatre heures et pourrais aller où bon me semblerait, à condition de rembarquer sur mon radeau et de m'éloigner sans délai du territoire de la tribu.

Ainsi fut fait. Le jour suivant mon geôlier vint me chercher et m'accompagner jusqu'au petit port. Il était le seul de ses compatriotes avec qui j'aie pu causer et entrer en communication.

Sans doute si j'avais encore été possesseur de quelque argent ou d'objets d'échange acceptables, j'aurais pu demander et obtenir, comme Mauléon, des guides; à tout le moins emporter une certaine quantité de vivres. Mais on n'a pas oublié que je ne possédais plus que mes vêtements et mon sabre d'abatis. Tout ce que les Indiens m'avaient accordé pendant ma détention était une simple aumône.

Me voilà donc une seconde fois voguant sur le fleuve, plus misérable que le dernier des sauvages et réduit à chercher ma nourriture comme les singes, sur les arbres du rivage. Pourtant je n'étais pas encore arrivé au bout de ma détresse.

Après cinq ou six heures de navigation, le courant du Cottica devint plus rapide. J'avais quitté ma veste et mes souliers pour pagayer plus à l'aise, ne gardant que mon pantalon et ma ceinture, où se trouvaient les allumettes et le dépôt de Texidor. Soudain je sens que les fagots mal joints de mon esquif se désagrègent, le radeau chavire, et je tombe à l'eau.

Je me mets à nager avec toute la vigueur qui me reste, et pendant plus d'une demi-heure je fais des efforts désespérés pour atteindre la rive. J'y parviens épuisé, à demi mort, et je tombe défaillant au pied d'un arbre.

Là, l'horreur de ma situation m'apparaît dans toute sa netteté. Je n'ai plus ni vivres ni vêtements, plus même mon sabre pour construire un autre radeau ou déterrer des racines comestibles. Je suis à la merci du premier fauve, reptile ou insecte venimeux qui voudra de moi; je suis la plus faible et la plus vile des créatures de la forêt! Si je ne parviens pas à gagner quelque hutte de sauvage qui veuille bien me faire encore la charité, ou à héler quelque pirogue qui, par pitié, m'admette à son bord, je mourrai là pour servir de pâture aux vautours urubus.

Que faire? que décider?

La nuit vient. Par peur des vampires, je cherche un buisson épais et me terre sous ses ronces. Si au moins je pouvais dormir. Vain espoir, les moustiques m'assaillent et ne me laissent aucun repos. A l'aube, les entrailles tenaillées par la fringale, je me mets en quête de quelques fruits ou plantes alimentaires. Rien! J'essaye de mâchonner au hasard des feuilles épaisses et laiteuses, arrachées à un arbuste. Elles sont amères et impossibles à avaler. En fin de compte, je m'empare de quelques grosses fourmis et d'un petit lézard, que j'engloutis avidement. La chair tiède et encore palpitante du lézard révolte mon estomac, délabré par les privations. Je rends cette pâture dégoûtante presque aussitôt après l'avoir ingérée.

C'est entendu, je mourrai de faim, puisque ma destinée le veut ainsi. Tout de même je regrette que le jaguar m'ait épargné, ou que le boa constrictor ne m'ait pas étouffé à la place du grand Couppé. Ma dernière heure eût été plus douce.

Si pourtant je pouvais, en remontant le fleuve, parvenir jusqu'en vue du village quitté hier! Encore que je sois sur la rive opposée, peut-être qu'en faisant quelques signaux les habitants m'apercevraient et viendraient à mon secours. Essayons.

Je m'engage sous bois, je marche les pieds ensanglantés jusqu'à ce que mes genoux flageollent et que je ne puisse mettre une jambe devant l'autre. Alors je tombe, et je m'aperçois que je suis revenu juste à la place quittée tout à l'heure. J'ai perdu le nord, tourné sur moi-même, dans une randonnée folle.

Autre nuit! Cette fois je dors, en dépit des moustiques, de tout. Je n'ai même point cherché l'abri du buisson. Les vampires peuvent venir, je ne les chasserai pas.

Le soleil est déjà haut à l'horizon quand se rouvrent mes paupières boursouflées de piqûres. Aujourd'hui, étant trop faible pour marcher, je resterai sur le rivage à épier les pirogues.

Précisément en voici deux qui remontent, à courte distance l'une de l'autre. J'appelle les bateliers, ils approchent à mes cris. Les premiers, dès qu'ils m'aperçoivent, donnent des signes de crainte et rament avec force pour s'éloigner plus vite. Mes malédictions ne les touchent pas plus que mes plaintes. Ma réputation est établie sur le Cottica : je suis le fou furieux qu'il s'agit d'éviter à tout prix.

La seconde embarcation est montée par un homme seul. Celle-là rase le bord de plus près, et son maître n'a pas l'air d'avoir peur. Je renouvelle mes gestes de détresse. L'Indien me regarde et se met à rire; les fous font rire. Cependant, avant de s'éloigner, il me jette une galette de cassave et un petit morceau de canne à sucre. Je me rue sur ces aliments et les dévore. Depuis trois jours, c'est la première nourriture que j'aie pu avaler.

Puis je me remets en vigie, espérant qu'à ces pirogues d'autres succéderont. Je ne vois que des oiseaux aquatiques croiser leurs méandres sur les eaux bleues. La nuit tombe.

Au jour, je suis tiré de ma léthargie par les jacassements d'une bande de perroquets qui est venue s'installer au-dessus de ma tête, et dont les cris semblent me railler :

« Le voilà donc l'homme, le roi de la création! »

J'essaye de me mettre sur pieds et y parviens.

Voyons, il faut tenter un dernier effort! Je dois pouvoir en une journée remonter jusqu'en face du village. Si avant-hier je n'ai pas réussi, c'est que je n'ai pas noté avec assez d'attention la position du soleil; je vais tâcher de faire mieux.

Je bois une large lampée d'eau et me mets en route. La tête me tourne, j'ai des éblouissements à chaque pas; mais la volonté reste ferme et je vais toujours et je vais quand même. Plusieurs fois je tombe sur mes genoux. A une dernière chute, je ne puis plus me relever. Qu'importe, je continuerai en rampant à quatre pattes.

Un buisson au feuillage roux se dresse devant moi; je veux l'écarter. Malédiction! c'est celui qui m'a servi de gîte pendant trois nuits. Une fois de plus, je suis revenu, ensorcelé, à mon point de départ.

Alors je pense que ce fait est surnaturel.

Si je reviens ainsi fatalement, contre toute vraisemblance, à cette place, c'est que la Providence l'a marquée pour que j'y rende le dernier soupir. Je me soumettrai à ses ordres, après m'être si long-temps révolté contre elle. Dieu seul est fort, et rien n'arrive sans sa permission. Je ne l'avais point invoqué en entreprenant mon périlleux voyage. Il n'a pas voulu qu'il s'accomplît; que sa volonté soit faite !

Je m'étends sur le dos, bien résolu à ne plus faire un mouvement pour éviter la mort; et j'éprouve quelque douceur à songer que dans un instant elle viendra clore mes maux. A présent je ne souffre presque plus. Le charbon ardent qui brûlait dans mon estomac semble éteint. La fin approche.

Je lève les yeux une dernière fois au ciel. Je l'entrevois doré par les rayons du soleil couchant, à travers les branchages de l'arbre où ricanaient ce matin les perroquets. Tout en haut, deux rameaux dénudés se superposent et dessinent nettement une croix sur l'azur. Ceci encore n'est point un hasard, mais une marque providentielle.

Je mourrai le regard fixé sur ce signe de miséricorde que j'ai tant méconnu.

Voici qu'en contemplant la croix, m'apparaissent et le néant de ma vie et l'erreur de mon orgueil. J'ai voulu reconquérir ma place parmi les hommes sans expier mes fautes passées, esquiver le châtiment qui m'eût purifié, m'évader sans payer ma dette. C'est pour cela que je suis puni plus cruellement encore. Ah! si c'était à recommencer!... avec quelle humilité je porterais ma chaîne! Aujourd'hui je me juge plus sévèrement que la société qui m'a condamné; mais il est trop tard.

Comme une chevauchée de nuages, passe devant mon esprit le souvenir de tous mes actes. En est-il un, depuis que je suis au monde, qui m'ait acquis un mérite et qui fût dicté par le devoir ou le dévouement? De quel salaire ai-je récompensé mes maîtres, mes amis d'enfance, les bonnes âmes de Paris et de Cosnes qui s'intéressèrent à moi?

Mes seuls sacrifices dont je puisse me rappeler avec plaisir, je les ai accomplis pour mes compagnons de fuite... Encore ai-je été bien dur pour Cubisolles. Comme camarade, Texidor me fut supérieur; c'est lui qui me donnait l'exemple. Pauvre Texidor! je songe que j'ai là dans ma ceinture ton précieux dépôt, et que je ne pourrai accomplir le serment que je t'avais fait. Dans quelques instants, si je te retrouve, je t'en demanderai pardon; mais, déjà tu le vois, ce n'est pas ma faute...

J'aurais peut-être pu tenir ma promesse sans la traîtrise de Mauléon!

Mauléon! Ah! ce nom exécré fait frissonner de haine mon corps de moribond. Je voudrais ne point le haïr, puisqu'il faut pardonner aux autres pour être pardonné soi-même. Je regarde la croix en la suppliant de me donner la force de ce sacrifice, je veux obliger mes lèvres à balbutier pour derniers mots : « Je pardonne. » Mes lèvres se serrent; à quoi bon les contraindre d'ailleurs? je sens que le pardon n'est pas dans mon cœur. Une grande désespérance me vient de l'inanité de mon effort.

« Pitié, Seigneur, je ne puis pas! Je ne suis pas un Dieu comme vous! »

Et pour ne point prolonger cette lutte angoissante, je me pris à songer que dans une minute, deux au plus, j'allais avoir la clef du grand mystère, celui devant lequel tremble l'humanité depuis qu'elle s'interroge; je saurai ce qu'il y a derrière la toile et que nul n'est venu raconter aux vivants.

Ma dernière sensation physique fut le bruit de mon sang battant à mes oreilles, puis un éblouissement derrière mes paupières fermées, la vision de je ne sais quelle rosace de cathédrale qui tournait concentriquement en versant sur son axe, sous forme de torrents divinement beaux, toutes les couleurs de l'arc-en-ciel. Ces flots lumineux étaient plus brillants que le soleil; mais l'éclat n'en offensait point la rétine, et ma suprême réflexion fut :

« Ah! voilà ce qu'on appelle la clarté éternelle! »

Puis plus rien!... un grand creux,... le vide des souvenirs.

. . . .

CHAPITRE XIII

OUARAPOUROUTOU

Combien de temps dura mon anéantissement? De longues heures peut-être? J'en fus tiré par une voix qui prononçait distinctement à mon oreille ces paroles :

« Mou chi con con (viens avec moi). »

Le fil de mes idées se renoua, et pardonnez la saugrenuité de ma réflexion, qui cadre si mal avec la gravité de la scène, je me dis :

« Tiens! on parle nègre dans l'autre monde ! »

En rouvrant les yeux je vis, penchée sur mon visage, la tête d'un indigène ridé, ce qui annonçait son grand âge, et le regard plein d'une inquiétude qui révélait la bonté. A mes côtés, toujours le buisson roux, et au-dessus de mon front, là-haut, les branches entrelacées du grand arbre. Le spectacle n'avait pas changé. Je continuais à me croire mort, mais avec cette constatation que les trépassés, une fois leur motilité éteinte, conservent une vague perception des faits extérieurs. J'allais assister à ma sépulture, soit que l'indigène m'enfouît dans la terre, soit qu'il me jetât à l'eau.

Peut-être n'est-ce que lorsque les molécules du corps sont entièrement désagrégées que le véritable trépas commence.

Cela m'était égal d'ailleurs, je ne souffrais plus. Je refermai les paupières et rentrai dans une nuit profonde.

Mon second réveil fut plus brusque et plus pénible. Cette fois, il me fallut convenir que je vivais encore puisque la vie se manifeste par une douleur.

J'étais dans une grande case aux murs nus, éclairés seulement par la porte ouverte, au travers de laquelle on apercevait disséminés les toits d'autres cases à divers plans. Mon corps reposait en un lit de feuillages tassés, sur une planche légèrement inclinée, et une couverture de laine grise, trouée par endroits, recouvrait mes jambes. Mes bras pendaient hors de ma couche, celui de gauche ankylosé, lourd comme s'il fût de plomb et incapable de remuer.

Dans le rais de lumière venue du dehors, une jeune Indienne, presque une enfant, assise sur le seuil de la demeure, pétrissait des boules de manioc.

Elle était si gracieuse dans ses gestes et avec l'affinement de ses formes virginales, que je restai émerveillé à contempler cette statuette de bronze à qui la caresse du soleil donnait une patine dorée.

L'enfant continuait sa tâche, sans bruit, et par intervalles je voyais ses grands yeux noirs, d'un noir de jais ou de diamant, noir inconnu dans nos pays, plonger vers le trou d'ombre où se cachait mon lit. Je voulus l'appeler. Ma gorge était sèche et se refusait à laisser passer les paroles. Un signe me ferait comprendre; j'essayai de l'esquisser. Par malheur je tentai l'effort du bras invalide, et il s'ensuivit une telle souffrance, qu'elle m'arracha un gémissement.

D'un bond, la jeune Indienne fut sur pieds; elle s'approcha avec une légèreté de papillon, et, me voyant les yeux ouverts et interrogateurs, se mit à me parler d'une voix douce, mais si vite, si vite, que je ne pus comprendre un seul mot de ce qu'elle me disait. Pour toute réponse, je lui souris. Alors elle se mit à sourire aussi, et, joignant les mains en un geste de joie, elle recommença une phrase où je distinguai seulement ce nom prononcé à deux reprises : Ouarapouroutou.

Tandis que je m'efforçais de me rappeler quelle idée d'être ou de chose se rapportait à cet assemblage de syllabes, la fillette tourna sur ses talons et s'envola avec une mimique qui, en toutes les langues du monde, suffit à signifier :

« Attendez! dans une minute je vais revenir. »

Peu d'instants après elle revenait, en effet, précédant un vieillard gallibi de haute stature, que je reconnus immédiatement. C'était celui que j'avais vu penché au-dessus de mon visage sur la rive fatale du Cottica et cru mon fossoyeur. C'était Ouarapouroutou lui-même, le tamouchi ou chef de la tribu.

Je me trouvais donc de retour au village où le perfide Mauléon m'avait valu, par ses rapports mensongers, un emprisonnement de deux jours.

Ouarapouroutou s'avançait plus vêtu que ne le sont la plupart des peaux-rouges. Je comptais sur ses hanches et sa poitrine jusqu'à dix ceintures étagées, les unes de coton, les autres de poil de couata. Des aisselles au sommet du cou il portait de nombreux colliers de métal ou de verroteries, et deux bracelets enserraient chacun de ses bras. Sa tête était ornée d'une légère couronne de plumes. Le bas du corps se drapait dans un vaste pagne formant un jupon jusqu'à la hauteur du mollet, et les jambes elles-mêmes se voyaient recouvertes de jarretières frangées tombant jusqu'aux chevilles. Il n'avait donc que les bras et les pieds nus. Il est à remarquer, d'ailleurs, que chez les Gallibis, comme chez la plupart des Indiens de la Guyane, les hommes possèdent un costume beaucoup plus compliqué que les femmes. Celles-ci ne portent en effet que le pagne ou calembé, et seulement depuis l'époque de la puberté.

Ouarapouroutou s'approcha de ma couche, et je crus saisir le sens suivant parmi les paroles qu'il prononça sur un ton lent et non exempt d'une certaine majesté. « J'étais soigné dans la case depuis une lune. On avait longtemps désespéré de mon salut, car non seulement une fièvre féroce et sans répit s'était emparée de moi, mais une sorte de paralysie générale me privait de tout mouvement et me donnait l'aspect d'un cadavre. Aujourd'hui, sauf le bras gauche, les membres avaient repris leurs fonctions, et les Yolocks qui me faisaient délirer avaient été mis en fuite par les exorcismes d'un grand piâye ou sorcier d'une tribu voisine, lequel devait venir sous peu exécuter à mon profit une autre séance de piâyerie. Comme remède, cet illustre médecin m'avait prescrit une eau verte dont il importait que je continuasse à boire de grandes quantités, car plus j'en absorberais, plus vite je serais sur pied. »

Assurément je ne compris pas le langage du tamouchi aussi clairement que je le résume ici, et je l'éclaire tout de suite d'explications qui me furent données ultérieurement. A cette époque, je ne possédais guère que deux ou trois cents mots de gallibis, des substantifs et des adjectifs; les verbes m'étaient la plupart inconnus. Mais je fis d'assez rapides progrès pour arriver, au bout de cinq à six semaines, à comprendre tout ce qui se disait autour de moi, et même pour exprimer mes propres idées autrement que par des monosyllabes.

Pendant le discours du chef, la petite Indienne était restée éloi-

En rouvrant les yeux je vis, penchée sur mon visage, la tête d'un indigène ridé.

gnée de nous, dans une attitude humble et craintive, osant à peine lever les yeux sur Ouarapouroutou. Assurément elle n'était ni sa fille ni sa parente, sans doute quelque esclave lui appartenant. J'interrogeai d'un geste.

Le vieillard crut que je demandais un nom.

« Elle s'appelle, répondit-il, Caolé, et a l'ordre de te donner de l'eau verte toutes les fois que tu en voudras boire, puis de te préparer de la cassave fraîche lorsque tu pourras manger. »

Le seuil s'encombrait de gens de la tribu, hommes, femmes et enfants, qui tendaient curieusement leur oreille dans la direction de la palabre. Nul pourtant ne s'avisait d'entrer. Au premier rang se distinguait une grande femme aux formes robustes qui dominait les autres de presque toute la hauteur de la tête, et dont les traits me parurent avoir une certaine ressemblance avec ceux d'Ouarapouroutou.

« Acara, lui dit le tamouchi, le blanc n'est pas mort, et il n'est plus fou; s'il plaît à Comoun, il guérira.

— Il guérira, répliqua-t-il. Le grand piâye l'a prédit. »

Rien n'est plus doux pour un malade que d'entendre affirmer sa prochaine guérison, fût-ce sur la foi d'un sorcier peau-rouge.

Aussi, quand le chef s'en alla, suivi des principaux de son peuple, après une dernière parole amicale, répétai-je en moi-même :

« Je guérirai!... »

Et l'homme est si faible, si petit enfant devant la mort, que, sans me demander ce que m'apporterait ce nouveau bail avec la vie, je l'appelais de tous mes vœux.

Caolé restait seule avec moi; sa mignonne figure resplendissait de joie, et mon cœur se fondit à la pensée qu'un être humain s'intéressait assez à mon sort pour se réjouir de me croire sauvé.

J'aurais voulu témoigner à ma petite infirmière l'étendue de ma

reconnaissance; j'aurais voulu lui dire aussi ma gratitude pour Ouarapouroutou, ce bon Samaritain qui m'avait recueilli expirant sur le
bord du fleuve et maintenant me faisait soigner aussi bien qu'il était
possible dans sa peuplade, alors que ma pauvreté avérée lui interdisait l'espoir même lointain d'aucune récompense. Mais allez donc
exprimer tous ces sentiments à une petite sauvagesse dont on ignore
le dialecte et dont on ne soupçonne pas l'état d'âme.

Je me bornai à l'appeler du plus doucement que je pus :

« Caolé!... Caolé!... »

Elle accourut, pensant que je voulais boire. Elle portait un vase
de bois rempli de la tisane fétiche, et, passant son bras gracile d'adolescente sous ma tête, tenta de la soulever pour approcher le liquide
de mes lèvres. Avant de les y tremper, j'avisai le poignet délié de
ma garde-malade, et y déposai un long baiser. La petite main tressaillit, puis j'entendis un éclat de rire argentin sonner à mes oreilles.

Il faut vous dire que ce baiser par lequel je tentais de traduire
ma reconnaissance n'avait aucune signification au pays gallibi. Ce
n'est guère la mode là-bas d'en faire l'interprète de ses sentiments,
quels qu'ils soient, et ce geste pouvait paraître aussi surprenant à
Caolé qu'à une femme française le geste d'un Chinois se frottant le
nez aux plis de sa robe en marque d'affection. Pourtant le langage du
cœur a son vocabulaire universel; car la jeune Indienne, son hila-
rité passée, se prit à gazouiller de nouveau ses paroles précipitées et
incompréhensibles, pendant lesquelles elle me caressait du bout
des doigts les cheveux et la barbe. C'est ainsi que nous nous décla-
râmes notre amitié.

Plus tard, j'appris par lambeaux l'histoire de cette jeune fille,
dont la grâce souriante fut le premier attrait qui me rattacha à
la vie.

Ce n'était point une esclave, comme je l'avais supposé, mais quelque chose de pire en terre indienne : une orpheline.

Elle n'avait pas encore trois ans quand son père se noya dans un saut de la rivière en pagayant une pirogue, et que sa mère mourut en couches à quelques jours de là.

Dès lors elle était tombée à la charge de la communauté, pour laquelle les devoirs d'assistance sont lettre morte, et qui se préoccupe moins des enfants abandonnés que des petits chiens errants. Ceux-ci trouvent tout de suite un maître pour les adopter et les nourrir; mais l'orphelin en est réduit à chercher des os et des arêtes de poisson au fond des marmites trop

Caolé passa son bras gracile d'adolescente sous ma tête.

souvent vides de la tribu. Quand il commence à grandir et à prendre, malgré tout, des forces, tout le monde le fait travailler; mais personne

ne se croit, en échange, tenu de subvenir à ses besoins. Si d'aventure
il passe quelqu'un qui en veuille, on le lui donne, ou le tamouchi
le lui vend. Caolé avait donc ainsi vécu misérable pendant toute sa
première enfance, dans le village où elle était née, et qui se trouvait
à trois journées de marche en remontant le Cottica.

Un jour, Ouarapouroutou en voyage par là pour une expédition
de pêche, ayant remarqué son adresse à préparer le poisson, se l'était
fait adjuger pour un litre de tafia et l'avait emmenée avec sa suite.
Arrivé chez lui, il l'avait attribuée comme servante à un de ses gendres,
marié à sa fille Acara, et depuis lors l'existence de la fillette fut moins
précaire, car Ouarapouroutou, véritablement bon dans l'exercice de son
autorité patriarcale, exigeait qu'on ne lui donnât pas des tâches au-
dessus de ses forces et qu'elle eût à manger tous les jours. Mais le
mari d'Acara mourut à son tour, et Caolé redevint la servante de
tout le monde, les veuves gallibis n'héritant pas de leurs époux.

La défaveur de son titre d'orpheline persistait, et encore qu'à la
veille d'être femme, aucun des hommes de la tribu, vieux ou jeune,
ne songeait à la prendre comme seconde ou troisième épouse. Cela
tenait peut-être à ce qu'elle ne possédait pas le genre de beauté que
recherchent les Indiens. Sa sveltesse, la flexibilité de son cou, la
petitesse de ses pieds et de ses mains, l'élégance de ses attaches,
tout ce qui, en un mot, la distinguait parmi les filles de sa race à
l'admiration d'un œil européen, semblait à ses compatriotes autant
d'imperfections de la nature. Pourtant elle avait subi avec courage
la première épreuve du maraké et, à la nouvelle lune, devait affronter la seconde.

Je dirai plus loin quelques mots de cette initiation, dont il me
fut donné d'être témoin, et qui marque pour les adolescents des deux
sexes le passage en deux étapes de l'enfance à l'âge d'émancipation.

L'orpheline avait donc subi victorieusement le premier maraké, mais sans triompher du dédain de son entourage.

J'eus, dans les premiers jours de ma convalescence, l'occasion de voir le peu de cas qu'on faisait de la pauvrette.

Comme elle apportait sur son épaule un vase rempli de cachiri, un des affreux roquets que se plaisent à élever les indigènes sortit en japant d'une case et, se jetant sur Caolé, la mordit cruellement au mollet. Les maîtres du chien regardaient la scène, la bouche fendue jusqu'aux oreilles d'un rire méchant et niais.

Un bâton de bois, dur et noueux, se trouvait à la portée de ma main. Je le saisis et l'envoyai tournoyant entre les jambes de la vilaine bête, qui le reçut en plein et s'enfuit, la queue entre les jambes, avec un gémissement plaintif. Alors les Indiens coururent à ma rencontre et avec de grands gestes d'indignation me reprochèrent d'avoir fait du mal à leur intéressant élève. Leur discours signifiait :

« Si notre chien ne peut plus se divertir à mordre une orpheline, où allons-nous ! »

Mécontents de la façon dont je les reçus, ils se plaignirent à Ouarapouroutou, qui, je m'empresse de le dire, les envoya promener. Depuis lors ils me furent hostiles et ne consentirent jamais à me pardonner mon intervention.

Mais j'anticipe sur les événements et dois d'abord conter la visite que me fit le grand piàye, visite à la suite de laquelle ses prédictions heureuses ne tardèrent pas à s'accomplir de point en point.

Il vint le premier jour de la nouvelle lune, suivant sa promesse, à la tombée de la nuit, et sa présence me fut annoncée par un bruit de voix qui psalmodiaient au dehors une cantilène pleurarde, scandée d'un accompagnement de tam-tam et d'instruments à corde. Le piàye

pénétra tout seul dans ma case, en se courbant par respect de son
costume ; car, bien qu'il n'eût pour tout vêtement d'étoffe qu'un étroit
calembé enroulé autour de sa taille par une ficelle formant ceinture,
il portait sur la tête trois immenses plumes d'oiseau, fichées à même
son épais chignon, et mesurant près d'un mètre de haut. Sur ses
épaules, des plumes de même nature, mais un peu plus courtes,
palmées en manière d'épaulettes, recouvraient l'attache de ses bras
de deux larges auvents.

J'allais oublier une énorme pipe, dont le sorcier tirait sans répit
des bouffées de fumée âcre, et qui joua le principal rôle dans l'incan-
tation.

Le grand piàye s'approcha de mon lit, m'apposa les mains sur
la tête, sur la poitrine, puis, prenant mon bras malade, cracha dessus
et fit mine d'en tirer le mal à pleines poignées. Ensuite il m'insuf-
fla des bouffées de tabac sur tout le corps en bredouillant, sur un ton
monotone, une prière rapide qu'il interrompait seulement pour ne
point laisser sa pipe s'éteindre. Ce manège dura au moins deux heures,
entrecoupées d'entr'actes pendant lesquels le médecin courait à la
porte et demandait, en grossissant sa voix, aux Indiens restés
dehors :

« Avez-vous vu le Yolock ? »

Ceux-ci répondaient sur un ton de bravoure :

« Si nous l'avions vu, il y a longtemps que nous l'aurions tué. »

Et la fumigation de reprendre de plus belle.

Enfin le piàye, après de nouvelles passes, saisit entre ses lèvres
mon avant-bras et se mit à le sucer avec une telle force, que le
sang vint à fleur de peau. J'eus un moment crainte qu'il n'enfonçât
les dents ; mais, par fortune, son manuel opératoire n'allait pas plus
loin que la ventouse. Enfin il alluma dans la pièce une pincée de

Il poussa un cri strident,
auquel répondirent des acclamations
du dehors.

feuilles sèches qui répandirent une odeur aromatique ; puis, quand la fumée fut bien épaisse, il poussa un cri strident auquel répondirent des acclamations du dehors. Cela signifiait que le Yolock était bien et dûment en fuite, vaincu par la vertu et surtout par la durée de l'exorcisme.

Le grand piàye se retira sans même me jeter un regard, mais en recommandant de me faire boire encore pendant deux jours de l'eau verte, beaucoup d'eau verte.

Trois jours après j'étais sur pied.

Il va de soi que les singeries de la piàyerie n'eurent aucune influence, même suggestive, sur ce résultat ; mais je crois qu'il n'en fut pas de même du breuvage, lequel était légèrement salin avec une pointe d'amertume. La pharmacie indigène dispose d'un certain nombre de remèdes empiriques, qui mériteraient d'être étudiés par nos facultés de médecine. Ainsi, pour ne parler que du médicament liquide qui me fut administré avec tant d'abondance, il est certain qu'il me coupa radicalement la fièvre, laquelle m'avait assailli avec fureur dès que je cessai d'absorber de la quinine. Dès ce moment jusqu'à la fin de mon séjour à la Guyane, je n'eus même plus aucun accès ; ce qui prouve que l'effet de la drogue persiste plus longtemps que celui du sulfate de quinine.

Un autre antidote sur lequel j'appellerais volontiers l'attention, bien que je n'aie pas eu l'occasion d'en éprouver moi-même l'efficacité, est le remède contre la morsure des serpents. Il consiste en une sorte de haricot que les Gallibis nomment le *coumama*, et dont ils râpent l'amande après en avoir enlevé la peau. La poudre, délayée dans l'eau froide et appliquée en compresse immédiatement après la morsure, détruit l'effet du venin le plus virulent et prévient même l'inflammation des tissus. Je l'ai vue à deux reprises différentes employée pendant mon voyage par les Indiens piqués par des serpents de la plus mauvaise espèce, et chaque fois le résultat fut tel que je viens de l'indiquer.

Donc, le trentième jour après mon évanouissement sur les rives du Cottica, le soixante-dixième depuis ma fuite du chantier Sparvine, appuyé sur un bâton, je sortis de la case où la miséricorde divine et les soins des Indiens m'avaient permis de guérir, et, les jambes mal assurées, je fis ma première promenade de convalescent.

J'allai jusqu'à une sorte de fontaine où les femmes de la tribu venaient laver leurs ustensiles de ménage, avec l'idée de me plonger dans l'eau fraîche, pour y prendre un bain de corps. Penché sur le miroir de l'eau, j'aperçus une tête de juif-errant, aux cheveux et à la barbe incultes, dont la face émaciée surmontait un squelette où chaque côte faisait saillie, et je restai une bonne minute sans me reconnaître. Était-il possible que j'eusse changé à ce point en quelques semaines? Ah! mon signalement pouvait être donné à la police hollandaise, aucun gendarme ne s'aviserait de m'identifier!

Puis les jours du rétablissement se succédèrent, m'apportant chacun un peu plus de force et un peu plus d'ennui. On n'exigeait de moi aucun travail, et je recevais néanmoins une part de pitance quotidienne. Ouarapouroutou me considérait-il comme l'hôte ou le prisonnier de sa tribu? Que comptait-il faire de moi?

Interrogé à ce sujet, il ne me fit que des réponses évasives. Je laissais fuir le temps sans compter et surtout sans projet de départ. La forêt me faisait peur.

CHAPITRE XIV

Bientôt j'eus une occupation régulière. Ce fut le hasard qui me la procura.

Comme je promenais mon désœuvrement devant les cases, j'aperçus une vieille femme qui esssayait de raccommoder une pièce d'étoffe avec une aiguille enfilée de fil d'aloès. Elle s'en servait si maladroitement, que je lui pris l'aiguille des mains, et faisant appel à ma dextérité débrouillarde d'ancien soldat, j'exécutai devant ses yeux une reprise perdue qui lui arracha des exclamations admiratives. Le lendemain, ce fut à qui m'apporterait des hardes, des couvertures à réparer.

N'ayant rien de mieux à faire, je me mis volontiers à la besogne, et pendant plusieurs jours on put me voir assis en tailleur, au milieu d'un cercle d'Indiennes, m'escrimant de mon mieux contre les accrocs de leurs pauvres tissus, faisant le vieux et le neuf, surtout le vieux.

Acara était ma meilleure cliente. Quand elle m'eut fait passer
en revue toutes les pièces de son trousseau, ce qui ne fut pas très
long, elle m'apporta la défroque de ses voisines et je ne suis pas
certain qu'elle n'agrandissait pas un peu, intentionnellement, les
déchirures. Je pensai d'abord que ce zèle avait pour but de rembour-
ser la communauté des dépenses que ma maladie lui avait occasionnée; mais je dus me convaincre qu'il n'existait aucune arrière-pensée
avaricieuse dans son manège. Accroupie à mes côtés, elle me faisait
souvent signe de ne pas tant me presser et entamait de longues
conversations, volontiers confidentielles, pour peu qu'il n'y eût pas
trop d'oreilles indiscrètes à nos côtés.

Elle m'entretenait des hauts faits de son premier époux, qui
n'avait pas de pareils pour flécher, avec ses harpons de roseau, les
coumarous et les aymaras dans les eaux vives des sauts. Ce fier
pêcheur eût été sans doute appelé à recueillir la succession d'Ouarapouroutou, si une fin prématurée ne l'eût enlevé à l'affection de ses
concitoyens.

Suivant la coutume, Acara aurait dû être unie, par voie d'héritage, à un frère du défunt, un adolescent d'une quinzaine d'années;
mais en sa qualité de fille du tamouchi, jouissant à ce titre d'une
certaine indépendance, elle avait refusé l'union et se réservait.

La condition de la femme gallibi est plus relevée que ne le pour-
raient faire supposer les mœurs polygames de ce peuple. Elle a une
situation de droit qui est des plus humbles, et une situation de fait
qui lui assure, quand elle est assez intelligente pour la remplir, une
importance réelle dans les conseils et la direction de la famille. Elle
ne s'appartient pas à elle-même, à proprement parler; mais les fruits
de son travail lui appartiennent en propre, et, en cas de divorce,
elle les emporte, ainsi que les enfants en bas âge issus de son mariage.

Un Gallibi aisé a trois femmes : la première, généralement plus âgée que lui et qui a la direction du ménage ; la seconde, beaucoup

« Tu la connais aussi bien que moi ;
c'est la fleur de l'inga. »

plus jeune et qu'il se procure lorsque la première vieillit ; enfin une petite fille, destinée plus tard à remplacer la seconde, si l'avenir le permet.

S'il meurt avant l'âge, sa première veuve ne se remarie plus ; la deuxième est affectée comme épouse présomptive à quelque éphèbe

de la tribu, qui cohabitera avec elle dès la réception de son second
maraké, et en fera son épouse douairière pour recommencer une
série comme ci-dessus. C'est pourquoi l'on voit toujours, chez les
Gallibis, les jeunes hommes mariés à des femmes mûres, et les vieillards unis à des petites filles à peine nubiles.

Acara, qui pouvait avoir vingt-cinq ans, se trouvait-elle trop
jeune pour jouer les épouses douairières? Toujours est-il qu'elle avait
esquivé les droits de son petit beau-frère et ne semblait pas disposée
à les reconnaître de sitôt. Elle devait avoir, d'ailleurs, un caractère
autoritaire et violent. J'en eus bientôt une preuve.

Caolé, depuis le jour de ma convalescence, avait disparu de ma
case pour reprendre son service de servante collective dans la tribu.
Nous nous voyions toujours néanmoins, soit qu'elle me rencontrât
à la fontaine, soit qu'elle m'apportât, avec un de ses petits sourires
mutins qui éclairaient si joliment sa face bronzée, des fruits frais,
bananes, canaris-macaques ou balatas, qu'elle allait, pour son ami
le blanc, cueillir de bonne heure dans la forêt.

Un matin, elle venait m'offrir sa petite provende parfumée, sur
une feuille de palmier nain, quand elle s'arrêta décontenancée, voyant
qu'Acara se trouvait debout à côté de moi. Néanmoins elle déposa
le présent par terre, au pied du lit, et s'apprêtait à sortir sans avoir
dit un mot, quand la fille du tamouchi, qui s'était bornée tout d'abord
à jeter sur les fruits un regard dédaigneux, les ayant considérés de
plus près, se mit à interpeller la pauvrette sur un ton d'indignation
et de courroux que je ne lui connaissais point. L'autre baissait timi-
dement la tête sous ce flot de paroles hachées que je ne comprenais
qu'à moitié. Enfin Acara, au comble de la colère, saisit une baguette
et en cingla cruellement les épaules nues de la malheureuse Caolé,
qui s'enfuit en pleurant.

« Acara, Acara ! m'écriai-je en lui arrachant la badine des mains, pourquoi frappes-tu ainsi cette enfant ? que t'a-t-elle fait ? »

La fille du chef se courba vers la feuille de palmier. D'un geste presque tragique elle retira d'entre les fruits une imperceptible fleur blanche, qu'elle éleva à hauteur de ma face, et jeta ensuite à terre en la piétinant avec mépris. Puis elle se retira sans daigner m'adresser ni un regard ni une parole.

Cette scène rapide m'avait laissé stupéfait. Je ramassai la corolle froissée de la fleur. Elle exhalait un parfum capiteux et pénétrant, qui me rappela celui de la fleur du citronnier ; mais elle gardait son secret.

Rêveur, je fus errer autour des cases.

Une vieille Indienne, celle à qui j'avais donné la première leçon de couture, se tenait sur le pas de sa porte, surveillant une marmite où bouillait un pot au feu de pécaris. Suivant une dégoûtante coutume des cuisiniers de ce pays, pour empêcher le bouillon de s'échapper pendant l'ébullition, elle se garnissait la bouche d'eau fraîche et la projetait sur la marmite quand cela lui paraissait nécessaire.

« Yane, lui demandai-je en l'abordant, qu'est-ce que c'est que cette fleur ? »

La vieille vida d'un coup sa bouche, et grimaçant un rire édenté :

« Tu la connais aussi bien que moi, me répondit-elle ; c'est la fleur de l'inga, la fleur de l'amour... »

Puis, avant de reprendre une gorgée d'eau, elle conclut philosophiquement :

« Il y a longtemps qu'on ne m'en a plus offert. »

Douce et mignonne Caolé ! Ainsi son cœur à peine entr'ouvert avait battu pour moi, pour le fugitif, pour le proscrit dont le bras ne pouvait même pas la défendre.

14

Combien en cette occasion je regrettai encore mon état misérable! Le plus pauvre des voyageurs européens, rentrant à front découvert en un point quelconque de la colonie, aurait obtenu le droit d'emmener cette orpheline, dont l'innocence n'avait point trouvé grâce devant ses rudes compatriotes, et, à l'ombre d'un toit civilisé, lui eût permis d'épanouir les charmes de ses quinze ans.

Que lui fallait-il à celle-là, afin d'être heureuse? Sa part de soleil et un rayon de bonté.

Or, pour m'avoir rencontré sur sa route, sa petite âme virginale resterait froissée comme la fleur de l'inga, dupe de cet élan qu'elle croyait de l'amour et qui n'était peut-être que de la pitié pour l'être humain qu'elle avait disputé à la mort.

Et l'autre, la vindicative veuve? Pourquoi son courroux s'était-il, l'autre matin, manifesté avec tant de violence? Fallait-il penser qu'elle fût simplement indignée ou... jalouse?

Quelle perspective de sévérités, de persécutions peut-être, réservaient à Caolé les tempêtes du cœur d'Acara?

Ah! puisque ma présence devenait ainsi une source de maux pour celle que j'étais impuissant à protéger, j'écouterais pour la première fois de ma vie la voix du devoir, je fuirais la tribu d'Ouarapouroutou avant que le mal ne fût aggravé, je reprendrais ce voyage dont l'idée me faisait frémir. Demain on m'aurait oublié, tout rentrerait dans l'ordre accoutumé des choses, et moi seul conserverais, alors que depuis longtemps ces deux femmes ne songeraient plus à moi, le souvenir de leur image et l'amertume d'un regret.

Mais il fallait attendre une occasion.

L'événement m'avait prouvé qu'un départ sans vivres et sans compagnons équivalait à un suicide. Précisément les Gallibis préparaient un train de bois à destination de Surinam, voudraient–ils me

permettre de les accompagner? J'en demandai la faveur à Ouarapouroutou. Suivant son habitude, il ne me répondit ni oui ni non.
J'inclinais à interpréter ses paroles évasives comme un acquiescement ;
mais je me trompais. Une belle nuit, le train de bois démarra sans
que j'en fusse averti. J'étais prisonnier.

Sur ces entrefaites eut lieu la grande cérémonie du maraké,
à laquelle j'ai fait déjà plusieurs allusions et qui constitue pour les
Indiens leur plus importante fête sociale et religieuse, celle au moins
à l'occasion de laquelle on boit le plus de cachiri, on exécute le plus
de danses aux sons du talouloupan, grosse flûte de bois dont les
accents résonnent au loin dans les profondeurs de la forêt. Les habitants des villages voisins sont conviés à cette liesse, et des artistes
musiciens ou danseurs, qui ne vivent, je crois, que de leur art, parcourent les tribus pour aller officier à tour de rôle dans chacune
d'elles suivant qu'ils y sont appelés.

Le épreuves douloureuses du maraké constituent, au dire des
Gallibis, une initiation nécessaire de la jeunesse sans laquelle les
garçons n'acquerraient jamais le courage, et les femmes l'activité
qui leur sont nécessaires dans la vie. On doit le recevoir deux fois,
et ce n'est qu'après la seconde qu'on est déclaré apte au mariage.

Certains croyants, par excès de zèle, se le font administrer à
d'autres reprises encore, soit pour prévenir des maladies, soit pour
acquérir une vaillance supérieure à celle du commun des mortels ;
mais ces marakés supplémentaires sont entièrement facultatifs.

La veille de l'imposition du sacrement, les piàyes se mettent en
quête de nids de fourmis rouges et de guêpes qui doivent être les
acteurs du supplice. Quand ils en ont trouvé à leur convenance, ils
bouchent avec un linge mouillé l'ouverture des nids, afin de ne point
être assaillis cruellement par leurs hôtes, et introduisent par l'orifice

une petite baguette de bois, légèrement enduite de glu, avec laquelle les insectes sont sortis un à un. On les plonge alors immédiatement dans un vase rempli d'eau, où ils se détachent de la baguette et sont suffisamment étourdis par leur commencement de noyade, pour qu'on puisse les manier sans danger. On les introduit alors entre les mailles très serrées d'un filet tendu, qui les retient prisonniers par le corselet, et on les laisse jeûner et se débattre.

Au bout de vingt-quatre heures, guêpes et fourmis sont arrivés à un état d'excitation et de colère facile à concevoir, et leur piqûre sera aussi intense et acérée qu'elle puisse l'être. Les instruments du maraké sont prêts. On défile en pompe pour les voir et les admirer. Une plaisanterie traditionnelle consiste, pendant cette période d'attente, à renverser sur le mollet du curieux qui s'approche trop du spectacle un petit récipient en forme de dé à coudre, au fond duquel s'agite une seule fourmi ou une seule guêpe. Piqué à l'im—proviste, le mystifié pousse un cri et s'enfuit aux grands éclats de rire de l'assistance.

Mais la grande distraction, celle dont ne se lasse jamais l'indigène de la Guyane, c'est la danse. Elle commence à la nuit close pour se poursuivre sans interruption jusqu'au lendemain, au milieu d'incessantes libations de cachiri. Les futurs initiés doivent y prendre part, revêtus de leurs plus beaux costumes et de tous les bijoux qu'ils possèdent ou qu'on leur a prêtés; et c'est après cette grosse fatigue, peu faite pour les préparer à l'endurance, qu'ils reçoivent le maraké.

Ce sont les danseurs gagistes qui donnent le signal. Ils se présentent la tête vêtue d'un chapeau de paille conique, sans bords et très élevé, dans les mailles duquel sont fichées quantité de plumes de toutes couleurs. De ce chapeau pend un voile épais qui descend jusqu'à leur poitrine, de sorte qu'on ne distingue pas leur visage. En main ils tiennent un fouet à manche court et à lanière très longue, dont ils scandent la cadence de leurs mouvements, et qui doit claquer avec d'autant plus de force que l'artiste est plus habile.

Dans cet accoutrement ils exécutent, autour de la case du chef, choisie généralement comme point central de la fête, une série de sauts et de contorsions, tantôt sur une jambe, tantôt sur l'autre, rarement sur les deux à la fois. Lorsque la cadence s'accentue, et surtout que le fouet a détoné comme un fusil de traite, l'auditoire marque sa joie par des beuglements admiratifs, de même qu'il ne se prive pas de rires ironiques et de huées si le danseur lui paraît au-dessous de son rôle. Les Gallibis ont le sens de la moquerie beaucoup plus développé et plus expansif que les nègres, qui le possèdent cependant déjà à un haut degré.

Quand les gagistes ont sautillé individuellement jusqu'à épuisement de forces, ils recommencent en groupes ou par séries. Enfin l'unanimité des danseurs se mêle en une gigue échevelée, à l'issue de laquelle ils tombent épuisés devant la case qu'on leur a assignée comme demeure : la loge des premiers sujets. Là, les gens du village leur apportent du cachiri et de la cassave trempée dans un bouillon de piment. Ils doivent manger et boire sans quitter leur voile, ce qui ne laisse pas d'être gênant.

Pendant qu'ils se restaurent, les jeunes gens du village ont pris leur place et entament la danse des abeilles, exercice chorégraphique de circonstance. On le nomme ainsi, parce que les danseurs, avançant et reculent tous ensemble, en essaim, imitent, avec le bruit de leur voix et le sifflement de petites badines de bois dont ils coupent l'air, le vol strident des abeilles. C'est d'une ressemblance très loin-

taine, mais elle suffit à contenter les oreilles des Gallibis. Ensuite
vient une sorte de ronde, où chacun porte une torche allumée et lui
imprime des mouvements harmonieux. L'effet sous bois en est très
joli ; malheureusement, l'éclat de ces flammes joint aux fracas des
vociférations, au bruit des tam-tam et au claquement des fouets,
a pour effet d'effrayer le gibier à dix kilomètres à la ronde, de sorte
qu'il n'est pas rare qu'après les festins de la cérémonie une période
de disette ne s'ouvre pour le village. La danse continue devant le
buffet vide.

Quand le jour se leva, on aperçut, assis côte à côte, au pied d'un
tamarinier, les cinq héros de la fête, trois garçons et deux filles, qui
se tenaient silencieux, l'excitation de la danse passée, et dans l'attitude de condamnés prêts à recevoir leur châtiment. Ils étaient entou-
rés de leurs parents ou de leurs amis et d'un certain nombre
d'enfants plus jeunes qu'eux, destinés à recevoir le maraké l'année
suivante. Leur titre de postulants était indiqué par une tonsure pra-
tiquée dans leurs cheveux épais, à l'endroit où les gens d'église la
portent chez nous. Ces néophytes venaient prendre une leçon de
maintien, s'aguerrir à l'épreuve, voir comment on doit la subir sans
pousser un cri, un gémissement, une plainte, sous peine d'être exclus
de la grâce de l'initiation, qui, en ce cas, doit se renouveler un an
plus tard.

La cérémonie commença par l'application des fourmis à un garçon
qui recevait le maraké pour la première fois. C'était son père qui
le lui administrait, et l'Indien ne semblait pas disposé à tricher : il
voulait son rejeton vaillant, énergique et brave. Le patient avait les
deux bras passés autour du cou de deux amis de sa famille, qui le
soutenaient et lui faisaient tenir le corps arc-bouté en arrière. Le
filet lui fut appliqué sur les hanches, sur le ventre, partout où les

chairs présentaient une saillie qui permit aux fourmis rouges de mordre toutes ensemble. L'adolescent supportait les morsures avec un courage stoïque; on devinait seulement à l'expression de son œil angoissé l'intensité des souffrances qu'il endurait.

A la dixième application sa tête commença à vaciller de droite à gauche; puis ses jambes plièrent, sa tête se renversa inerte sur l'épaule d'un de ses soutiens, il était évanoui. On l'emporta, pour le placer dans un hamac, sous lequel était allumé un feu doux, de manière à procurer au patient une sueur abondante qui atténue les suites de l'opération et la fièvre qui les accompagne.

L'inflammation produite par les piqûres se manifeste généralement une demi-heure après l'application du maraké, et évolue pendant une huitaine de jours, après lesquels toute trace disparait. Les Indiens affirment que les accidents consécutifs ne sont jamais graves et ne peuvent être mis en ligne de compte avec les grâces d'état obtenues.

Le second patient fut encore un jeune garçon; celui-là ne s'évanouit pas, et malgré quinze appositions du maraké put gagner son hamac tout seul, en écartant les jambes et en tenant les bras éloignés du corps, car il avait surtout été piqué dans le haut des cuisses et sous les aisselles.

Puis vint le tour de Caolé.

Elle avait suivi sans aucune marque de défaillance morale les épreuves de ses deux premiers compagnons. Son regard, perdu dans le vague, semblait bien étranger à la scène du supplice, perdu dans quelque vision lointaine. Quand elle se leva, elle tourna la tête de mon côté, semblant me dire :

« Tu vas voir comme je suis courageuse, malgré le peu de cas que font de moi tous ces gens-là. »

Je ne pus cependant maîtriser un frisson en m'apercevant que
c'était Acara qui se disposait à lui appliquer le filet et en entendant,
à mes côtés, un Gallibi faire cette remarque :

« L'orpheline sera bien servie, les guêpes sont très méchantes. »

Au second maraké, les guêpes en effet remplacent les fourmis.

Le supplice recommença avec toutes ses phases cruelles. Acara,
du premier coup, quand elle crut les guêpes à l'œuvre, enleva brusquement le filet, espérant sans doute que la soudaineté de la douleur arracherait un cri à sa servante et la ferait ainsi échouer dans
son épreuve.

Dès lors cette grande femme à l'allure hautaine me fit horreur.

Caolé tressaillit de la nuque aux pieds, le sourire qui errait sur
ses lèvres se changea en une contraction convulsive ; mais elle ne
fit entendre aucun gémissement. Alors le filet fut apposé sur sa poitrine et disposé de façon que le dard des guêpes s'enfonçât simultanément dans la chair.

Cette fois la douleur fut si atroce, que je vis positivement se
décolorer sa face bronzée, tandis que la prunelle prenait cette
fixité extatique que les peintres religieux donnent au regard des
martyrs.

C'en était trop. Je mis ma main devant mes yeux, et je m'enfuis
loin de ce spectacle cruel. Si j'étais resté davantage, je n'aurais pas
pu maîtriser mon indignation, m'empêcher d'intervenir, au grand
scandale de l'assistance, au grand dam de la pauvre Caolé, dont
l'épreuve eût été ajournée, et qui en sortit triomphante, applaudie
pour la première fois de son existence par les gens de sa tribu, comme
je le sus plus tard.

Ce jour-là, je ne sortis pas de ma case et refusai de prendre part

aux festins et aux divertissements qui se succédèrent sans relâche
jusqu'à la nuit close, où un grand silence régna tout à coup. Les

Alors le filet fut apposé sur sa poitrine.

artistes danseurs venaient de partir pour leur village, et les Gallibis
étaient rentrés dans leurs huttes pour cuver l'ivresse de ces quarante-
huit heures d'orgie.

CHAPITRE XV

Huit jours plus tard, je me promenais solitairement le long des rives du Cottica, songeant à la manière dont je pourrais effectuer mon projet de départ, dont la nécessité m'apparaissait d'instant en instant plus impérieuse. Au village, les choses se gâtaient. Je ne pouvais plus me faire illusion sur les sentiments d'Acara, qui depuis la fête du maraké m'adressait quotidiennement des présents de gibier et de poisson, auxquels elle joignait des brassées entières de fleurs de l'inga.

Si j'avais écouté mes désirs, je lui aurais retourné ses cadeaux intacts, ne voulant rien accepter d'elle; mais c'eût été l'humilier mortellement, et la haine de cette femme pouvait avoir des conséquences graves pour moi. Je me bornais donc à jeter les fleurs dans un coin de ma case, où elles s'étiolaient en rendant leur âme parfumée, tandis que j'avais gardé comme talisman, ou comme souvenir, la fleurette écrasée de Caolé. Je faisais usage des aliments ou je les distribuais; mais j'avisai la donatrice que, si elle ne me fournissait point, comme par le passé, des hardes à raccommoder, qui me permissent de la payer par mon travail, je ne pouvais plus continuer à recevoir ses libéralités, les blancs étant trop fiers pour accepter sans rien donner en échange.

Acara vint deux fois à ma demeure en une journée pour s'expliquer là-dessus. Sous divers prétextes j'esquivai le tête à tête; mais le soir, comme j'errais suivant ma coutume, j'entendis sortir de sa hutte une mélopée plaintive que les femmes gallibis ont coutume d'entonner les jours de deuil. Acara chantait la chanson des pleurs.

Je vous le dis, il était grand temps que je partisse. La fille du tamouchi ne tarderait point à commettre des inconséquences, son secret allait être bientôt la fable du village.

J'en étais là de mes réflexions, quand une double détonation vint frapper mes oreilles. C'était, à n'en pas douter, le coup double d'un fusil de chasse; des Européens étaient par là sur la rivière. Fallait-il courir à leur rencontre ou me cacher? Leur présence m'annoncerait-elle le salut ou un danger nouveau? Domptant mon émotion, je me blottis dans un buisson et attendis.

Cinq minutes ne s'étaient point écoulées, que je vis apparaître une pirogue de très grande dimension et irréprochablement construite, dans laquelle se trouvaient cinq hommes qu'au premier coup d'œil je reconnus pour des Annamites. Cela ne me surprit point outre mesure, car je savais que, depuis quelques années, on en avait fait venir un certain nombre dans les Guyanes, pour les substituer aux travailleurs de l'Hindoustan, dont les Anglais avaient interdit l'embauchage; mais je me réjouis à la pensée qu'ayant affaire à des étrangers, je n'aurais pas à subir un interrogatoire trop minutieux. Je sortis

donc de ma cachette et me mis à héler les voyageurs. Ils s'arrêtèrent, surpris de voir un homme à peau blanche, si mal vêtu, qui
leur parlait en leur propre langue. Vous n'avez pas oublié que
j'avais accompli mon service militaire en Annam et au Tonkin.

Le caïb ou caporal, qui commandait la petite escouade, sauta
à terre et vint à moi les bras tendus. Nous nous embrassâmes, et,
dès que ses hommes l'eurent rejoint, je leur contai une fable
qui me vint aux lèvres sans que j'aie eu, pour ainsi dire, besoin de
l'inventer :

J'étais un Français, ouvrier mécanicien, arrivé en Guyane pour
chercher fortune, et qui, ne l'ayant pas trouvée dans l'exercice de
son métier, avait eu la pensée de découvrir un placer sur les bords
d'un fleuve de la région hollandaise. Malheureusement, surpris par
les maladies, privé de vivres, je m'étais mis en route pour Surinam,
perdu dans la forêt, où j'avais enduré mille souffrances; enfin
j'avais échoué chez Ouarapouroutou, d'où je les suppliais de
m'emmener.

Ils écoutèrent mon histoire avec une bonne foi parfaite, et la
vraisemblance de mon mensonge me parut telle, que je résolus de
me tenir à cette version *ne varietur*, quand je serais revenu parmi
les civilisés.

Les Annamites devaient remonter le fleuve pendant deux journées
encore; mais ils me promirent que dans trois jours ils passeraient
devant le village, durant la nuit. Si je voulais me trouver à minuit
à l'endroit précis où nous causions, et qui était le confluent d'une
petite crique couverte de joncs et de roseaux avec le Cottica, ils me
prendraient à leur bord et me déposeraient, suivant mon désir, à la
première plantation européenne.

« Elle est précisément cultivée, me dit le caïb, par un Français, un de tes compatriotes, qui mène de front une vaste exploitation agricole, comprenant plusieurs fermes et les travaux d'une mine d'or située dans le voisinage. Je ne me souviens plus du nom de ce colon ; mais je sais qu'il est réputé comme un homme juste, et il te fournira certainement les moyens de continuer ta route, si tu ne veux pas t'engager à son service. »

Je remerciai les Annamites avec effusion, après leur avoir fait répéter leur promesse, et il fut convenu, puisqu'ils allaient faire escale chez Ouarapouroutou, que durant les quelques heures de leur séjour j'affecterais de ne point les fréquenter, afin de ne point laisser deviner mes projets.

J'ignore s'ils se livrèrent, auprès du tamouchi, à une enquête sur mon compte. Elle n'aurait pas pu leur apprendre grand'chose d'ailleurs, puisque je n'avais fait aucune confidence aux Gallibis.

On pense si les heures qui s'écoulèrent pendant ces trois jours me parurent longues. Je tremblais que les Annamites ne manquassent à leur parole ou qu'un incident, indépendant de leur volonté, ne les empêchât de la tenir.

Cependant je ne pouvais m'enfuir ainsi sans avoir revu Caolé.

Je la rencontrai, la veille de mon départ, sur la lisière de l'abatis, où on l'avait envoyée déterrer des racines de manioc. Du plus loin qu'elle m'aperçut elle courut vers moi, et se jetant dans mes bras avec la naïve candeur de son ingénuité enfantine :

« Tu as vu, me dit-elle, Oléou[1], comme j'ai bien supporté l'autre jour l'épreuve du maraké. Ah! j'ai cru que je n'irais jamais jusqu'au bout; mais comme tu étais là et que tu me regardais, j'ai voulu te montrer que je ne suis plus une petite fille.

— Chère Caolé, fis-je en l'embrassant, les larmes aux yeux, et

[1] Olivier.

pourquoi tenais-tu tant à me prouver que tu es une petite femme si courageuse?

— Parce que je pensais,... parce que j'espérais... »

Elle eut un moment de confusion, digne de la plus pudique de nos jeunes filles d'Europe ; puis, rassemblant son courage :

« Tu ne te fâcheras pas de ce que je vais te dire? »

Un serrement de main fut ma réponse.

« Parce que, continua-t-elle, j'espérais que, après m'avoir vue vaillante, tu m'estimerais plus que les autres hommes de la tribu, et que, quoique orpheline et pas jolie, tu voudrais bien de moi pour une de tes femmes. Dis, Oléou, veux-tu de moi? Tu verras avec quelle ardeur je défricherai ton abatis et comme je préparerai bien ta cassave. »

Elle s'arrêta, honteuse d'en avoir tant dit, palpitante d'émotion.

Je la pressai doucement sur mon cœur.

« Écoute, lui répondis-je en enlaçant mes doigts à ceux de sa petite main tremblante, écoute, Caolé! Je ne suis maître ni de mon heure ni de ma destinée, mais je vais te faire un serment. C'est chose grave dans la bouche d'un blanc, retiens donc mes paroles :

« Je te jure que, si je puis incliner les événements au gré de ma volonté, je reviendrai quelque jour dans cette tribu pour t'emmener et faire de toi ma femme. Tu seras ma seule épouse, ceux de ma race n'en ont qu'une. Quand la fleur de l'inga aura refleuri trois fois, si je ne suis point de retour, oublie-moi : Oléou sera mort ou les hommes l'auront mis dans l'impossibilité de tenir sa promesse. Mais si je dois mourir sans te revoir, tu sauras, petite fleur de la forêt, que tu es la seule femme que j'aurai aimée et que ton image sera présente à mon heure dernière. Maintenant il faut que je parte. Ceci est un secret, et tu vois quelle confiance j'ai en toi, puisque tu es la seule personne à qui je le révèle ici. Nous allons échanger un baiser-fétiche, on l'appelle dans mon pays le baiser des fiançailles, et ceux qui se le donnent s'engagent pour la vie. En me l'accordant, tu me prouveras, Caolé, que tu as foi en mon serment. »

Elle plongea dans mes yeux ses yeux de diamant noir et, se haussant sur la pointe des pieds, me tendit son front.

« Je crois à ta parole, Oléou! » dit-elle simplement.

Et plus bas, elle ajouta :

« Reviens vite, pour que dans trois étés on ne me donne pas à quelque vieillard de la tribu. »

Le baiser de fiançailles fut échangé; puis, sans une larme, sans une défaillance, sa main quitta la mienne, et je la vis s'enfoncer sous l'ombre des palmiers. Elle ne retourna même pas la tête. C'était vraiment une intrépide petite femme.

. . . .

Agité de mille pensées diverses, le front brûlant, je ne voulus pas, jusqu'au soir, rentrer dans ma case. Je craignais que quelque incident imprévu ne m'empêchât de me trouver au rendez-vous des Annamites, et je préférai passer les heures qui m'en séparaient loin des gens du village. La nuit venue, longtemps à l'avance, j'allai me blottir dans ma cachette de roseaux et y restai immobile, en épiant tous les bruits du fleuve.

Après quelques heures d'attente fébrile, un son cadencé de rames m'annonça que mes amis approchaient. Le caïb, un doigt sur ses lèvres, me fit signe d'embarquer en silence; puis ses hommes, maniant vigoureusement l'aviron, coupèrent obliquement le cours du fleuve et conduisirent la pirogue sur la rive opposée, où ils la firent entrer

et cacher dans une petite crique, dont l'embouchure était dissimulée
par un rideau de feuillage.

Je la vis s'enfoncer dans l'ombre
des palmiers.

Je ne comprenais rien à cette manœuvre et voulus m'enquérir de
son utilité ; mais le caïb ne me répondit rien et m'invita de nouveau
à garder le silence.

15

Bientôt, à travers les branches d'arbres, j'aperçus un grand
remue-ménage dans le port d'Ouarapouroutou. Les embarcations de
sa petite flottille furent détachées, et nous les vîmes sillonner les eaux
du Cottica, éclairées par des torches que les peaux-rouges tenaient
enflammées à l'avant. Elles rasaient au plus près le rivage que nous
venions de quitter, s'arrêtant pour fouiller toutes les anses, tous les
creux. D'aucunes descendirent jusqu'à perte de vue, éteignant leurs
feux dans le lointain ; mais nul ne s'avisa de venir inspecter le bord
où nous nous trouvions. Puis, comme la nuit s'achevait, les pirogues
des Gallibis rentrèrent une à une, plus lentes, avec une allure qui
décelait la fatigue des rameurs.

Quand la dernière eut rejoint l'estuaire, nous nous détachâmes
à notre tour, sans bruit, dissimulés dans le brouillard matinal, et,
tandis que le courant mystérieusement nous emportait, le chef anna-
mite me dit à l'oreille :

« Hier, quand nous sommes arrivés au village on s'était déjà aperçu
de ton absence. Ouarapouroutou avait donné l'ordre qu'on te cher-
chât sous bois et qu'on te ramenât de force. Le tamouchi voulait t'unir à
cette grande femme qui était sans cesse à tes côtés lorsque tu travaillais
sur la place publique, afin que la tribu eût des enfants de ta race ! »

. . . .

La descente dura trois jours, entrecoupés de haltes de repos qui
en firent pour moi un véritable voyage d'agrément.

Les Annamites étaient tous devenus mes camarades, un surtout
qui avait été conducteur de pousse-pousse à l'exposition de 1889, et
qui à ce titre se prétendait Parisien comme moi. Un peu brouillé
néanmoins avec la langue française, il n'en avait retenu que trois
mots : « Viv' la boublique[1] ! » qu'il entremêlait en guise d'interjec-

_____
[1] Vive la République !

Nous les vîmes sillonner les eaux du Cottica, éclairés par des torches.

tion dans toutes ses phrases. Ce fut lui qui me prêta la paire de
ciseaux avec laquelle je pus à peu près couper ma barbe et mes cheveux à l'ordonnance, et qui me fit cadeau d'une chemise et d'une
vareuse bien trouées, mais qui modifièrent tout de même mon aspect
sauvage.

Comme je lui spécifiais que je n'avais pas d'argent pour le payer,
il me répondit avec un bon rire :

« Entre compatriotes, ça ne fait rien, et puis on se reverra à
Surinam. Viv' la boublique! »

Enfin nous arrivâmes en vue du dégrad qui desservait la première
plantation européenne. Les Annamites n'avaient pas le temps de
s'arrêter. Ils se bornèrent à me serrer la main, à me souhaiter bonne
chance, et le caïb me dit :

« Suis ce chemin; à moins d'un kilomètre tu trouveras la maison
directoriale, où réside le Français. »

J'étais ému en franchissant cette dernière étape. Quel accueil me
réservait le maître de l'exploitation? Serait-il dupe de ma fable?
M'accorderait-il du travail, ou, soupçonnant la vérité, me remettrait-
il entre les mains des autorités hollandaises?

Quoi qu'il arrivât, je ne lutterais plus; moi aussi j'étais à bout
de forces morales.

Précisément c'était l'heure où le patron recevait. Assis sur un
banc, devant la porte de son bureau, des ouvriers attendaient, les
uns pour rendre des comptes, d'autres pour solliciter un embauchage.
Je me mêlai à eux. Lorsque le dernier sortit, un mineur, il me fit
signe que c'était mon tour, et, gravissant trois marches, je pénétrai
dans la pièce.

Dès mes premiers pas sur la natte de palmiers qui recouvrait le
sol, mon cœur battit à se rompre. Les cadres qui garnissaient les

murs, la petite pendule de bronze représentant un Napoléon les bras croisés, la bibliothèque de sapin noirci, tout cela avait pour moi quelque chose de déjà vu; mais mon émotion atteignit ses dernières limites, quand une voix bien connue se fit entendre :

« Et vous, mon garçon, qu'est-ce que vous désirez? »

Assis à sa table, vêtu d'un veston de flanelle blanche, le dos courbé sur un écrit dont il traçait les dernières lignes, celui qui venait de prononcer ces mots n'avait point remué. Ne recevant aucune réponse à sa question, il tourna la tête de mon côté et m'aperçut à trois pas, cloué au sol, la pupille dilatée par la stupeur. Assurément je dus lui paraître un fou.

Il se leva avec précipitation et sans doute allait appeler, quand d'une voix étranglée je réussis à dire :

« N'êtes-vous pas André Laroche? »

Il s'arrêta, me fixant encore avec inquiétude.

« Mais, fit-il, certainement... je suis... Vous devez bien le savoir, puisque vous venez chez moi... »

Soudain la lumière jaillit de sa mémoire.

« Oh! s'écria-t-il, Olivier! »

D'un bond il courut à la porte, la ferma, et revenant à moi :

« Olivier! répéta-t-il, Olivier Dutemple!... et dans quel état je te retrouve, malheureux garçon! Que t'est-il donc arrivé? qui t'amène ici? »

Vaincu par cette dernière émotion, la plus inattendue de toutes, je m'étais laissé glisser sur un siège de joncs, et la tête entre les mains je pleurais, je sanglotais sans fin, incapable de lever les yeux ni d'articuler un seul mot...

Voici qu'au souvenir de cette scène que j'essaye de conter, la plume s'est échappée de mes doigts et que, dans ma cellule, les

André était assis à sa table, le dos courbé sur un écrit.

larmes une fois de plus me sont montées aux yeux. Excusez cette dernière faiblesse. Je reprends.

Lorsque j'eus réussi à me calmer un peu, André m'arracha, bribe par bribe, le récit de ma lamentable odyssée.

Mêlant tout, les faits et les dates, dans l'incohérence d'un premier récit trop hâtif, je lui dis mon évasion, mes souffrances en forêt, ma fuite de chez Ouarapouroutou et le surprenant hasard qui m'avait conduit à sa porte, alors que je le croyais à trois mille lieues de la Guyane.

A son tour il m'expliqua comment il se trouvait dans ces parages.

Venu au compte d'une compagnie financière pour rechercher des mines d'or, il s'était établi dans cette région, où l'on pouvait mener de front des travaux agricoles, qui compensaient les premières dépenses, avec l'exploitation des mines malheureusement peu abondantes. L'opération au total était rémunératrice au bout de cinq ans d'efforts.

André était heureux, d'autant plus heureux que, son avenir assuré, il allait au printemps prochain pouvoir réaliser un rêve longtemps poursuivi : faire venir auprès de lui sa mère, qui consentait à finir ses jours en Guyane.

« Mais, fit-il en s'interrompant, parlons de ce qui presse le plus. Puisque ta bonne étoile t'a conduit ici, te voilà en sûreté. On ne viendra pas te chercher chez moi, ou, si on vient, on n'y trouvera aucun évadé de Saint-Jean du Maroni. Je t'immatricule parmi mes travailleurs. Après ce que tu as enduré, je suis sûr que tu as entièrement dépouillé le vieil homme, et d'ailleurs, même au plus fort de tes sottises, je n'ai jamais douté que tu ne devinsses un honnête garçon. »

Je baissai la tête en signe d'acquiescement. Je ne voulais pas lui dire de suite que je ne pouvais accepter que temporairement le refuge qu'il m'offrait, ayant un vœu à accomplir en France.

Je passai trois mois à l'exploitation d'André Laroche, occupé à monter et à réparer les outils de la mine; j'organisai même l'installation d'un moulin et d'une scierie mécanique. Durant tout ce temps, une seule alerte :

Des miliciens hollandais en tournée de police vinrent se reposer à la ferme.

« Il paraît, dit le chef au directeur, que les évasions continuent bon train au Maroni; ces chenapans du pénitencier filent à présent par escouades et viennent marauder sur notre territoire. Vous n'avez jamais été inquiété de ce côté ? »

La conversation avait lieu à deux pas de moi, et je me sentis devenir pâle comme un linge.

« Ma foi, non, répondit de sa voix la plus tranquille André; d'ailleurs comment voudriez-vous qu'ils arrivent jusqu'ici ?

— Ah! sait-on ? Il y en a qui portent la volée plus loin encore. Ainsi, tenez, nous en avons pincé un dernièrement qui avait traversé toute la forêt en compagnie de quatre camarades. Ses compagnons, ainsi qu'il l'a déclaré, avaient tous péri en route sans exception, l'un dévoré par un serpent boa, l'autre par un tigre, les deux derniers morts de la fièvre; lui seul avait tenu bon, mais il est crevé d'un accès pernicieux à l'hôpital de Paramaraïbo, deux jours après sa capture, ce qui nous a évité la peine de le réexpédier à son bagne. Comment diable s'appelait-il, cet animal-là? un nom comme Napoléon, ou Timoléon... Enfin n'importe, cela ne vous intéresse pas, ni moi non plus. A votre santé, monsieur le directeur!

— A la vôtre, lieutenant, et à celle de vos hommes. »

C'est ainsi que j'appris la fin du traître.

Comme le printemps approchait, j'entends le printemps de France, et que j'avais gagné par mon travail l'argent nécessaire à mon voyage, je m'ouvris enfin à André de mon désir de retourner dans la mère-patrie. Ne voulant point passer pour un monstre d'ingratitude, je lui dis quelle était la nature du devoir qui m'y appelait, la mission de Texidor mourant, et...

« Et après tu reviendras, interrompit-il. Ta place t'attend ici.

— Non, fis-je, après j'irai à Paris et je me remettrai entre les mains de la justice. »

Il eut un sursaut de stupéfaction.

« Comment! au moment où tu es sauvé par miracle, où tout le monde te croit mort, où personne ne songe à te poursuivre...

— Écoutez, » dis-je très bas.

Et je lui contai, cette fois sans l'ombre d'une faiblesse, l'histoire de mon agonie sur les bords du Cottica et le serment que j'avais fait, les yeux rivés sur la croix de branchage, d'expier en ce monde, s'il n'était pas trop tard.

André, la poitrine oppressée, écoutait sans mot dire. Enfin, domptant son émotion, il me prit les mains, et les serrant à les briser :

« J'aime mieux, fit-il, ne rien te répondre, car j'aurais peur de te donner un mauvais conseil. Un honnête homme doit toujours tenir un serment même inconsidéré, et de ce jour, Olivier, je te le dis, tu es un honnête homme. Suis les inspirations de ta conscience. Quoi qu'il arrive de ton passé, moi je t'absous; peut-être trouveras-tu des juges pour t'absoudre aussi. »

. . . .

Ici, monsieur l'avocat, se termine le récit de mon évasion. Vous l'avez voulu complet, sans aucune omission ni déguisement. Je l'ai fait tel, dans toute la sincérité de mon âme...

Les événements qui suivirent sont sans intérêt pour ma défense, et vous me permettrez de les résumer en quelques lignes.

André profita de mon départ pour me confier, outre une mission industrielle d'affaires à Surinam et à Demerara, le soin d'apporter à sa mère une grosse somme d'argent pour les frais de son voyage. C'était encore une marque de confiance qu'il voulait me donner.

Parvenu en France, je me dirigeai d'abord vers un château de province, où je remis à *celle* que je ne dois pas nommer le parchemin de Texidor; puis, à Paris, je tombai dans les bras de la bonne Mme Laroche et de mes vieux amis de la Villette. Pour ne pas empoisonner leur joie, je leur fis croire que j'étais libéré grâce à ma bonne conduite... Ce fut mon dernier mensonge.

« Je te disais bien, Valérien, répétait Mme Michon, que ce garçon finirait par faire de la graine de brave homme. »

J'allais essayer.

En les quittant, je me rendis au boulevard du Palais, et, avisant le premier garde municipal de service :

« Veuillez m'arrêter, lui dis-je ; je me nomme Olivier Dutemple... »

Le reste vous est connu.

Conciergerie, mai 1896.

FIN

AU LECTEUR

Pendant l'année qui a suivi celle où se passèrent les événements relatés dans ce livre, les évasions se sont multipliées au pénitencier Saint-Jean avec une fréquence inquiétante. Sur la route jalonnée par Olivier et ses compagnons se sont élancées des bandes entières de fugitifs dont plusieurs gardent encore la clef des champs.

Dans ces conditions, l'administration pénitentiaire n'a pas cru pouvoir accorder au condamné Dutemple une grâce immédiate qui eût semblé une prime à la réussite. Olivier a donc dû, à l'expiration de ses six mois d'emprisonnement, être reconduit à la Guyane, où, nous l'espérons, sa libération définitive ne saurait tarder.

En dehors de son avocat et de ses juges, il a conquis l'appui d'un grand poète, membre de l'Académie française, qui s'intéresse à son sort et ne le perdra pas de vue.

G. T.

TABLE

———

28760. — Tours, impr. Mame.

www.ingramcontent.com/pod-product-compliance
Lightning Source LLC
Chambersburg PA
CBHW061439030726
47503CB00005B/1481